AF284648

Tagebuch der Hoffnung

Von Keiji~Chan

Tagebuch der Hoffnung

Kurzgeschichten

von Keiji~Chan

Bibliografische Information der Deutschen Nationalbibliothek:
Die Deutsche Nationalbibliothek verzeichnet diese Publikation in
der Deutschen Nationalbibliografie; detaillierte bibliografische
Daten sind im Internet über dnb.dnb.de abrufbar.

Keiji~Chan
Sven Müller
Itzenplitzstraße 38
66578 Schiffweiler

Herstellung und Verlag:
BoD – Books on Demand, Norderstedt

info@Keiji-Chan.de
www.Keiji-Chan.de
ISBN 978-3-7526-8332-5

Inhaltsverzeichnis

Tagebuch eines Buches

Ich erinnere mich genau an die den Beginn meiner Zeit, damals, vor all diesen Jahren. In mühsamer Handarbeit war ich gebunden worden, eine sorgsame Allianz von vielen Seiten leeren Papiers und einem Umschlag aus rotem Leder. Ich trug keine Worte in mir, ebenso wie ich noch keinen Namen trug. Ein neues, leeres Buch, das dazu bestimmt war, erst noch gefüllt zu werden. Für einen nicht unerheblichen Preis wechselte ich schnell den Besitzer, wanderte von einem erfahrenen Handwerker in die Hände eines äußerst intelligenten jungen Mannes. Beinahe exzessiv arbeitete der junge Mann Tag und Nacht, verbrachte Stunde um Stunde am Schreibtisch und füllte dabei oft hunderte Seiten in einer einzigen Nacht. Auch ich wurde bald schon auserwählt, mein Schicksal zu erfüllen. Innerhalb von nur drei Tagen, in denen er kaum zu Essen oder gar zu Schlafen wagte, füllte das junge Genie meine leeren Seiten komplett aus. Gar pausenlos kratzte die Tinten-getränkte Feder über meine rauen Seiten, notierte komplizierte Formeln, kontroverse Theorien und ein ums andere mal auch filigrane Zeichnungen und Skizzen. Nachdem meine letzte Seite gefüllt worden war, stellte mich das Genie in ein Regal, wo schätzungsweise hunderte anderer vollgeschriebener Bücher standen. Genau wie ich waren sie allesamt gefüllt und erleuchtet mit den weisen Worten und revolutionären Ideen eines jungen Mannes, dem ich zutraute, die Welt zu verändern.

In den nächsten 13 Jahren füllte der intelligente Kopf noch viele Regale mit Büchern. Immer wieder nahm er vollgeschriebene Bücher wie mich wieder hervor, kritzelte kleine Ergänzungen zwischen die Zeilen, steckte lose Blätter mit weiteren Notizen zwischen die Seiten und riss manchmal sogar einzelne Seiten aus uns heraus. Der Kopf dieses Mannes arbeitete unaufhörlich und ich konnte seine bevorstehende strahlende Zukunft schon vor mir sehen, als eines Tages ein furchtbares Unglück seinen Lauf nahm. Eine benachbarte Scheune war in Brand geraten. Das lichterloh in Flammen stehende Heu wurde vom Winde weitergetragen, durch das einen Spalt weit offene Fenster des Arbeitszimmers meines Herrn. Während er seelenruhig schlief, fingen zunächst einzelne Blätter Feuer, bevor sich das Feuer rasant ausbreiteten und das ganze Haus in ihrem zerstörerischen Griff gefangen hielten. Ich sah Regal um Regal in Flammen aufgehen, hörte die hilflosen Schreie meines Herrn aus dem Nebenzimmer. Erst Stunden später, nachdem das gesamte Haus niedergebrannt war, erloschen die Flammen schließlich von selbst. Wie durch ein Wunder hatte ich diese Tragödie fast unbeschadet überstanden, bloß mein Einband hatte ernsthaften Schaden davongetragen. Als am nächsten Tag die verbliebenen Ruinen des Hauses ausgeräumt wurden, packte man mich und ein paar weitere halbwegs glimpflich davon gekommenen Bücher in eine Holzkiste. Neben einem Ring und einer verrußten Taschenuhr befand sich jedoch nichts weiter in der Kiste, an das ich mich heute noch erinnern konnte. Übergeben wurde die Kiste an einen älteren Bruder dieses jungen Genies, dessen Leben von den Flammen zu früh beendet wurde. Der Bruder hatte offensichtlich keine Verwendung für mich und meinesgleichen. Er schnappte sich den Ring und die Taschenuhr aus der Holzkiste – vermutlich, um sie zu Geld machen zu können – und ließ alles andere unberührt in der Kiste zurück, nur um diese in einem Schrank zu verstauen. Jahrzehnt um Jahrzehnt verbrachte ich in dieser Kiste, während sich außerhalb meines hölzernen Gefängnisses die Welt immer weiter drehte. Ein oder zwei mal öffnete Jemand das Gefängnis, blätterte kurz durch meine Seiten... und warf mich wieder zurück in die Kiste, die unverschlossen blieb. Anfangs noch erfreut darüber bemerkte ich jedoch bald, wie die feuchte Luft im Inneren dieses Schranks und der viele Staub den Zahn der Zeit beschleunigten, der an mir und meinen Seiten zu nagen begonnen hatte. Die Zeit verging, doch irgendwann schien es kein Leben mehr zu geben in diesem Haus, das uns seit so vielen Jahren beherbergte. Mit der Zeit begann das Haus, langsam zu zerfallen. Ein herabstürzender Träger hatte irgendwann die Hälfte des Schrankes zerstört und uns so zumindest teilweise der Witterung ausgesetzt, die nun durch das ebenfalls zerstörte Dach des Hauses eindringen konnte. Regungslos sah ich mit an, wie die Jahreszeiten verstrichen und die Natur sich das zerfallene Haus Stück für Stück einverleibte. Mein Einband war längst feucht und verschimmelt, einige meiner Seiten nass geworden. Statt bei der glorreichen Zukunft eines brillanten Kopfes zu helfen, wartete ich nur noch darauf, dass mich der Zahn der Zeit vollends vernichtete und die wertvollen Worte in meinem Inneren mit mir.

Doch ich sollte mich täuschen. Nach vielen Jahren des Zerfalls, 247 Jahre nach dem schicksalhaften Feuer in jenem Arbeitszimmer, fand mich ein Mensch in den Ruinen des Hauses, das seit so vielen Jahren meine Heimat gewesen war. Diese Frau, die mich gefunden hatte, nahm mich vorsichtig mit. Sie säuberte mich sorgfältig, restaurierte und behandelte mich in mühevoller Kleinstarbeit und stellte mich dann heute dem Rest der Menschheit vor. Auf einem Samtkissen gebettet und hinter luftdichtem Glas geschützt, werde ich nun in einem offenbar weltbekannten Museum ausgestellt und von tausenden von Menschen bewundert. Gelehrte von nah und fern würden aus aller Welt zu mir pilgern, um die lange verschollenen Schriften eines jungen Genies doch noch bewundern zu können. Und mit ein wenig Glück findet sich unter all diesen Menschen eines Tages jemand, der diese alte Sprache nicht nur lesen, sondern tatsächlich verstehen kann. Und vielleicht würden die Worte meines Herren die Welt dann doch noch verändern können, wenn auch ein paar Jahrhunderte zu spät ...

Geschichte eines Regenponchos

Ich weiß noch genau, wie es damals mit mir zu Ende ging, in meinem früheren Leben. Ich war eine Getränkeflasche, ursprünglich einmal gefüllt mit Pfirsich-Eistee. Ein junger Mann mit gewöhnungsbedürftigem Dialekt und wachsenden Geheimratsecken brachte mich mit zu einer kleinen Gruppe von weiteren jungen Menschen, die meine Füllung recht schnell geleert hatten. Der dunkelblonde Mann mit dem schütter werdenden Haar nahm mich dennoch wieder mit zu sich nach Hause, wo er mich noch einige Male auffüllte, ehe ich gen Ende des Monats auf eine Reise wurde – meine letzte Reise. Mit vielen Brüdern und Schwestern steckte er mich in eine große Kunststoff-Tasche. Doch schon nach kurzer Zeit waren wir offenbar am Ziel unserer

Reise angekommen, denn nach und nach griff seine Hand in die Tasche und holte einen nach dem Anderen von uns heraus. Als ich an der Reihe war, steckte mich die Hand in die Öffnung eines kleinen Tunnels, wo ich auf einem Förderband weiter nach hinten transportiert wurde. Meine kurze Reise wurde jäh unterbrochen, als ich aus dem Nichts zusammengedrückt und mit anderen zerquetschten Kameraden und Kameradinnen in einem riesigen Müllsack landete. Was dann folgte, war eine Odyssee, von der ich nicht mehr zurückzukehren glaubte. Ich wurde mit Flaschen verschiedenster Form, Farbe und Größe zusammengepfercht, zu einem Würfel gepresst und an einen anderen, furchtbaren Ort gebracht. Wir wurden wieder auseinandergerissen, nach Farben sortiert mit Wasser abgespritzt, bis auch der Letzte von uns komplett nackt war. Doch der größte Horror – und gleichzeitig unser Ende – stand erst bevor. Zunächst wurde Jeder von uns in winzige Stücke zerhackt. Nie zuvor hatte ich eine solche Todesangst verspürt wie in dem Moment, als ich meine nackten Brüder und Schwestern zwischen diese tödlichen Klingen habe fallen sehen. Weshalb wurden wir so behandelt? Hatte ich meinen Dienst nicht überaus erfolgreich erfüllt? Ich war doch sogar weit öfter genutzt worden, als es nach dem Erschöpfen meines Eistee-Vorrates sonst üblich war.

Womöglich war ich doch nicht gut genug, ich weiß es auch nicht. Doch ich konnte nichts dagegen machen, ich konnte mich nicht wehren. Nur Sekunden nach meinem ersten Schock landete ich zwischen den tödlichen Klingen und endete ebenfalls als ein Häufchen Granulat. An das Folgende kann ich mich nicht selbst erinnern, aber es wurde mir von einem Kollegen so erzählt und ich glaube ihm einfach mal. Nachdem die Klingen mich zerkleinert hatten, wurde ich offenbar in einen riesigen Kessel geworfen und eingeschmolzen. In meiner neuen Form wurde ich dann in eine Fabrik gebracht, die regelmäßig ausgedienten, eingeschmolzenen Flaschen wie mir neues Leben schenkte. Damit ist die Fabrik offensichtlich sehr erfolgreich, denn das Erste, woran ich mich nach meiner Begegnung mit den Klingen erinnere, ist der Moment nach meiner unverhofften Wiedergeburt. Ich fühlte mich großartig. Es war toll, wieder in einem Stück zu sein – obwohl ich gar nicht sagen konnte, wie genau ich aussah. Ich wurde zusammengefaltet und in eine enge, schwarze Hülle gesteckt. Doch ich hatte Glück. Kurz bevor die schwarze Hülle geschlossen wurde, bekam ich einen Mitbewohner. Es war ein kleiner quadratischer Zettel, auf dem ich beschrieben wurde, sogar in sechs verschiedenen Sprachen. Auf der rechten Seite des Papierfetzens gab es eine kleine Abbildung, die zeigte, wie ich tatsächlich aussehe. Ich war wiedergeboren worden als Regenponcho, speziell angefertigt für ein alljährliches Musik-Festival im Frühling. Mit vielen weiteren Regenponchos, allesamt Wiedergeborene, wurde ich in einen Pappkarton gesteckt und wartete auf meinen Einsatz. Es war dunkel in diesem Pappkarton und ich konnte nicht abschätzen, wie lange wir dort drin waren. Wir unterhielten uns, erzählten uns Geschichten über unsere früheren Leben und was uns in unserem neuen Leben erwarten könnte. Und dann irgendwann war es so weit. Das Dach über unserem Kopf wurde aufgerissen und ein Hauch frischer Luft erreichte uns. Und tatsächlich, es sollte nicht sehr lange dauern, bis wir alle endgültig in unser neues Leben starten konnten. Schon sehr bald fielen die ersten Regentropfen vom Himmel herab und trafen auf die Menschen, die fröhlich und laut der Musik lauschten. Der Regen wurde stärker und stärker, ebenso wie der Ansturm auf meine Kameraden und mich. Es dauerte gar nicht mehr lange, bis eine junge Frau in schwarzer Kleidung mich und zwei meiner Freunde schnappte und uns zu einer rot-weiß karierten Picknick-Decke brachte. Ich mochte die junge Frau, sie schien sehr aufgeweckt und glücklich zu sein. Sofort freute ich sofort darauf, für sie da zu sein. Und voller Enthusiasmus machte ich mich sogleich ans Werk, denn schon nach wenigen Sekunden entfaltete die junge Frau, der

Mann neben ihr nannte sie Nadja, mich komplett und schlüpfte in mich hinein. Es war schon sehr ironisch, wie meine Aufgaben sich mittlerweile ins exakte Gegenteil gekehrt hat. Früher musste ich Flüssigkeiten in mir drin behalten und musste ich Flüssigkeiten davon abhalten, in mich hinein zu gelangen. Ich musste fast lachen bei dem Gedanken, aber gerade in dem Moment begann der Himmel vollkommen über uns hereinzubrechen. Der Regen fiel in dicken Tropfen aus den dunkelgrauen Wolken herab, innerhalb weniger Augenblicke perlte das Wasser in Strömen von mir herab. Es war ein wahrhaft großartiges Gefühl, gebraucht zu werden und einem so sympathischen Menschen wie dieser Nadja beizustehen, sie trocken und sogar ein bisschen warm zu halten. Ich war gerne ihr kleiner schwarzer Schutzschild, obwohl ich erst eine kurze Zeit in ihren Diensten stand. Als der Platzregen dann nach einer geschlagenen Stunde endlich aufhörte, schlüpfte Nadja aus mir heraus, schüttelte den restlichen Regen von mir herab und faltete mich so sauber zusammen, dass sie mich sogar wieder in der kleinen Schutzhülle verstauen konnte. Aus der sie mich gezogen hatte. Ich freute mich, diesen Tag, den ersten richtigen Tag meines neuen Lebens, so erfolgreich überstanden zu haben. Doch er war wider Erwarten nicht vorbei. Nur zwei Stunden später wurde ich erneut aus meiner Schutzhülle heraus und über den Kopf dieser jungen Frau gezogen. Diesmal dauerte der Regenschauer nur wenige Minuten, doch man entschied sich offenbar, mich nicht wieder zurück zu packen. Erneut wurde ich ausgeschüttelt, dann jedoch bloß schnell zusammengefaltet und in eine Ecke des Rucksacks gesteckt, der durchnässt neben den beiden Menschen im Gras lag. Dort verbrachte ich dann auch den Rest des Tages und der darauffolgenden Nacht. Am nächsten Tag konnte ich ein ähnliches Treiben von draußen hören, wurde jedoch selbst nicht gebraucht. Einige Male wurde der Rucksack geöffnet und wieder geschlossen, doch ich blieb unberührt in der roten Tasche zurück. Auch den restlichen Tag über blieb ich in meiner Schutzhülle und konnte nur erahnen, was am Tageslicht vor sich ging. Als die erneute Nacht nahte und langsam voranschritt, wurde ich unruhig. Meine Hülle war kein Schutz mehr in meinen Augen, sie war bloß ein Gefängnis, das mich von den Freuden des wahren Lebens außerhalb fernhalten wollte. Ein Gefängnis, das mich daran hindern wollte, Nadja zu helfen und sie trocken zu halten.

Die Unruhe in mir wuchs und breitete sich in mir aus. Wenn ich gekonnt hätte, dann wäre ich aus der Hülle ausgebrochen. Ich war schon dabei, jegliche Hoffnung und sogar meinen Verstand zu verlieren, als sich der Rucksack erneut öffnete und die zarten Hände der jungen Menschenfrau tatsächlich wieder nach mir tasteten. Hastig rissen ihre Finger die Lasche meiner Hülle auf und warfen mich über den Kopf einer bereits ziemlich nassen Nadja. Und mit einem Mal waren mein Zorn und meine Zweifel wieder wie weggeblasen. Ich hatte mich völlig umsonst verrückt gemacht. Natürlich setzte sie weiterhin auf mich, ich war immer wichtig. Ein paar Stunden in Dunkelheit und im Ungewissen und schon hatten mich Angst und Paranoia übermannt gehabt, doch nun waren sie wieder verschwunden und würden nicht mehr zurückkehren. Zumindest hatte ich das zu jenem Zeitpunkt noch gedacht.

Wenige Stunden später begann ein einziger großer Trubel um mich herum. Eine riesige Unruhe trieb alle Menschen umher, es wurde gepackt, geräumt und in Taschen gequetscht. Ich betrachtete den roten Rucksack neben mir, der mit unordentlich zusammengerollten T-Shirts und Decken vollgestopft wurde. Schon beim bloßen Anblick dieses zum Bersten vollen Rucksacks bekam ich einen klaustrophobischen Anfall. Wie um alles in der Welt sollte ich dort noch einen Platz finden, ohne von allen Seiten zerdrückt und zerquetscht zu werden? Doch was solls? Für eine so nette Person wie Nadja würde ich das gerne in Kauf nehmen. Und als hätte sie das gehört, schnappte sie sich mit ihrer rechten Hand den Rucksack und mit ihrer linken letztlich mich. Doch sie steckte mich nicht in die überfüllten Tasche, was ich mehr als begrüßte. Offenbar war sie mit wohlgesonnen genug, um mich nicht mit nassen, vollgeschwitzten Klamotten zusammenstecken zu wollen. Ich schmunzelte bei dem Gedanken, dass es mir davor graute, zu ein paar stinkenden Kleidungsstücken gesteckt zu werden. Es war doch noch gar nicht so lange her, dass ich in meinem früheren Leben nackt zwischen vielen scharfen Klingen gelandet und in unendlich viele Stückchen zerfetzt worden war. Da sollte das hier doch ein Kinderspiel sein. Der Gedanke verging und ließ mich mit einem Schmunzeln zurück, das im nächsten Augenblick jäh aus meinem Gesicht gefegt wurde. In meine Gedanken versunken hatte ich nicht bemerkt, dass die freundliche Nadja an einem der vielzähligen silbernen Abfalleimer angehalten und meine

Schutzhülle aus dem vollen Rucksack gekramt hatte. Perplex wie ich war, erkannte ich erst zu spät, was das zu bedeuten hatte. Nachdem ich nun 3 Tage lang alle Höhen und Tiefen meines jungen, zweiten Lebens durchgemacht hatte, wartete bereits mein Ende auf mich. Eh ich mich versah, fand ich mich zwischen halb aufgegessenen Essensresten und Müll wieder. Auch einige meiner Brüder und Schwestern konnte ich zwischen all dem Unrat entdecken, zerknüllt, zerrissen, verdreckt. Das war es also. So schnell und überraschend mein neues Leben gekommen war, so schnell war es nun auch schon wieder zu Ende. Ich konnte es nicht verstehen. Hatte ich meine Sache denn nicht gut gemacht? Hatte ich Nadja nicht erfolgreich vor dem Regen beschützt? Doch es half nichts. Ich schloss meine Augen, ließ die zuvor bereits erlebte Verzweiflung und den Zorn Besitz von mir ergreifen, schrie meine Emotionen stimmlos in den Wind und in die Welt hinaus und ließ dann los. Wenn dies also mein Ende war, nach all den Diensten, die ich den Menschen geleistet hatte, dann würde ich ihnen nicht mehr hinterher weinen und mein nahendes Schicksal akzeptieren. Ich könnte mich ein letztes Mal nach oben kämpfen, mich von einem Windstoß erfassen lassen und mich durch die Lüfte tragen lassen. So werden meine letzten Augenblicke zumindest nicht in einem Abfalleimer stattfinden. Ich nahm meine letzte Kraft zusammen, machte mich bereit für den letzten Aufstieg und...

Was war das? Plötzlich stand da ein Mensch über mir und starrte mich mit seinen müden Augen eindringlich an. Er packte mich, zog mich heraus. Hatte ich denn nicht schon genug gelitten? Konnten die Menschen mich nicht einfach in Ruhe dem Ende entgegentreten lassen? Prüfend betrachtete mich der Mann, murmelte unverständliche Worte in seinen wilden Bart hinein und schüttelte mich kräftig durch. Dann steckte er seine Hand erneut in den Abfalleimer hinein und durchwühlte den gesamten Inhalt, wieder und wieder. Mit einem Ruck warf er mich um seine Schultern, um beide Hände zur Verfügung zu haben. Tiefer und tiefer steckte er seine Hände zwischen Pappteller, Alufolie und Programmhefte. Er begann damit, Flaschen aus den Tiefen des Unrats hervorzuziehen, und schob sie in eine Plastiktüte, die er aus seiner Hosentasche gezogen hatte. Sogar die angebissenen Essensreste sammelte der schmutzige wilde Mann aus dem Abfall und steckte diese vorsichtig in seine Manteltasche. Was hatte er damit nur vor? Er sah nicht aus wie die

Müllmänner, die er in den letzten drei Tagen hier sehen konnte. Und doch sammelte er Flasche um Flasche, Essensrest um Essensrest aus dem Müll. Während ich weiterhin über seiner Schulter lag, ging der Mann alle Mülleimer auf dem Gelände ab, bis er jeden einmal durchwühlt hatte. Als er endlich fertig war – die Sonne war bereits untergegangen – bedankte er sich bei einer Dame in gelber Warnweste, die am Eingangstor stand und ihm freundlich zunickte und machte sich auf den Weg. Es war ein langer Fußweg, den wir gemeinsam zurücklegten. Es dauerte knapp zwei Stunden, bevor dieser eigenartige Mann sein Ziel erreicht zu haben schien und sich unter den Betonpfeilern einer Brücke niederließ. Mit dem eiskalten Wasser eines darunter entlang fließenden Bachs wusch sich der Bärtige den Schweiß aus seinem Gesicht und verspritzte dabei auch den ein oder anderen Wassertropfen auf mich. Im Anschluss setzte er sich im Schneidersitz auf eine ausgebreitete Decke, kramte eines der halb aufgegessenen Brötchen aus seiner Tasche und verspeiste es. Ich hatte nicht so viel Ahnung vom Essen, mein Gebiet waren früher ja eher die Getränke. Aber dass der Mann dieses Brötchen innerhalb von nicht einmal zehn Sekunden aufgegessen hatte, verriet mir doch einiges über ihn. Offenbar hatte er diese Bissen mehr als nötig gehabt. Als der Mond dann hinter dicken Wolken verschwand und der Platz unter der Brücke nur noch von den zarten Strahlen einer alten Straßenlaterne erleuchtet wurde, griff der Mann erneut nach mir und hielt mich nur wenige Zentimeter von seinem Gesicht entfernt vor sich ins Licht.

»Ach, ich weiß nicht, warum die Leute sowas einfach wegwerfen. Du siehst doch noch völlig in Ordnung aus. Keine Löcher, keine Risse… Naja, ihr Pech. Dann kannst du wenigstens *mich* trocken halten…«

Und mit diesen Worten warf er mich erneut um seine Schultern, fast als wäre ich der Umhang eines Superhelden. Diese Worte schenkten mir neue Kraft, neuen Lebensmut. Dieser Mensch freute sich über mich, fand mich wichtig. Also würde ich ihn nicht enttäuschen! Als dann nur Augenblicke später ein Donnergrollen erneute Schauer ankündigte, zog dieser gutherzige Mann meine Kapuze über seinen Kopf. Zusammen waren wir gewappnet für diesen Regen, ebenso wie für all die weiteren Regenschauer, die in den nächsten Monaten und Jahren folgen sollten. Mit der Zeit bekam ich den ein oder anderen kleinen

Schaden, verformte mich auch ein wenig. Doch das störte mich nicht, denn diese Risse waren Spuren eines erfüllten Lebens. Und jedes mal, wenn mich Robin erneut um seine Schultern warf, spürte ich es erneut, dieses großartige Gefühl, gebraucht zu werden.

Der Fernseher

(von Mira Graf)

Leises Gemurmel. Unverständlich. Wort-
fetzen heben sich aus dem undeutlichen
Gerede aus dem Fernseher ab. *Mord.* Ich sitze
im Sessel. Entspannt zurückgelehnt. Die
Arme lasse ich rechts und links von der
Lehne baumeln. Die Augen geschlossen. Der
Tag heute hat mir wieder die Kräfte geraubt.
Unnütz. Das Gerede des Fernsehers dringt
wie eine lästige Hintergrundmusik in meine
Gedanken. Was ist das? Irgendein Krimi.
Oder die Nachrichten? In der heutigen Zeit,
kaum noch zu unterscheiden. *Kannst nichts.*
Das endlose Gebrabbel der Frau im Fern-
sehen war dumpf und ich konnte meinen Tag
und die Geschehnisse nicht in Ruhe Revue
passieren lassen. *Dumm.* Ich war aber auch
zu kraftlos das Gerät auszuschalten. Wieso

hatte ich es angemacht? *Weiß nichts.* Gott das Gerede hat gar kein Ende. Ohne Punkt und Komma. *Hast keine Ahnung.* Eigentlich hatte ich die Hoffnung, dass mich das Fernsehen mit seinem monotonen Programm in den Schlaf wiegt. *Wirst gehasst.* Aber ich fand keine Ruhe. Mein Schädel wird explodieren, wenn ich dem Gerede weiter zu höre. *Halts Maul, Schlampe!* Das dachte ich mir auch gerade. Halt endlich dein Maul. Ich holte einen tiefen Atemzug. *Du bist es nicht wert!* Ich öffnete langsam die Augen und mein Blick fiel auf die grau weise Decke. *Verreck endlich!* Ich schaute von der Decke hinab zu dem Fernseher. *Alle wünschten, du wärst tot!* Im Bildschirm sah ich die Reflektion meiner selbst. *Du solltest gar nicht geboren werden, du mieses Stück Scheiße!* Der schwarze Bildschirm des Flachfernsehers zeigte mahnend auf mich. Wie ein dunkler Spiegel. *Schieß.*

Die Frau redete immer weiter. *Drück ab.* Wo war die Fernbedienung? *Tu der Welt den Gefallen.* Ich hielt die Fernbedienung in meiner rechten Hand. *Du traust dich nicht.* Ich musste dieses nervige Gerede ausschalten. Sonst find ich keine Ruhe. *Du hast es nicht verdient zu leben.* Ich nahm die Fernbedienung. Mach endlich! Hielt sie an meinem Kopf. *Jetzt MACH!* Ich blickte in den schwarzen Fernseher vor mir. *SCHIESS DU DUMME FOTZE!* Und drückte den Aus-Knopf.

Endlich. Endlich war der Fernseher aus und die Frau in meinem Kopf auch.

RobynEx GmbH

Wieder läutete das Telefon, wieder erklang diese nervtötende Melodie. Völlig entnervt schaute Florian auf das kleinen Display, schnaubte kurz und hob dann mit hörbar genervter Stimme den Hörer ab:

»RobynEx GmbH, mein Name ist Schneider, was muss ich für Sie tun?«

Florian hatte bereits vor einigen Wochen das obligatorische »darf« durch »muss« ausgetauscht, es entsprach ja auch der Wahrheit. Bisher hatte es auch kein Kunde bemerkt – oder zumindest hatte sich niemand darüber beschwert – aber das wunderte Florian nicht. Die meisten Kunden hörten bei der klassischen Begrüßungsfloskel ohnehin nicht zu und warteten nur darauf, ihn mit ihren sinnlosen und oftmals dummen Fragen zu belästigen. Wenn die erste Frage dieser

scheinbar nur bedingt selbstständig lebens-
fähigen Organismen jedoch direkt die nach
seinem Namen war, den er nur 2 Sekunden
vorher noch genannt hatte, dann konnte er
sich meist einen Kommentar nicht verknei-
fen. So auch bei dieser aufgesetzt höflichen
Dame, die ungeachtet der soeben gesprochenen Worte ihren Anruf mit »Wie war
noch gleich ihr Name?« begann. »Zunächst
einmal junge Dame«, begann Florian, »ist das
noch immer mein Name, er war es nicht.
Denn als ich das letzte Mal nachgeschaut
hab, hat mein Herz noch immer fleißig
geschlagen. Zudem habe ich meinen Namen
vor weniger als 10 Sekunden bereits genannt
er ist Schneider. Wenn ich Ihnen schon
zuhören muss, dürfen Sie mir gerne dieselbe
Gefälligkeit erweisen. Also, was muss... ich
meine... kann ich denn für Sie tun?«.
Die junge Dame wusste wohl nicht, was sie

darauf erwidern sollte, also fuhr sie einfach mit ihrer Frage fort. »Ja... also... Ich war in Ihrem Online-Shop und wollte dort einen Artikel bestellen, aber da is' der Artikel gar nicht mehr. Können Sie mal nachsehen?«

»Wenn der Artikel nicht mehr im Online-Shop ist, dann wird der Artikel wohl ausverkauft sein.«

Florian wusste genau, wie das Gespräch weitergehen würde, es lief immer gleich ab. Und wie zur Bestätigung fuhr die Dame, Frau Hambach, mit der erwarteten Frage fort:

»Können Sie nicht trotzdem mal nachschauen? Artikel KC92...«

Florian kannte das Ergebnis bereits, schließlich waren Online-Shop und Warenwirtschaftssystem miteinander verknüpft. Trotzdem tippte er die Artikelnummer in die entsprechende Maske ein, wartete ein paar

Sekunden, bis die Daten geladen hatten und... wie erwartet nichts. Der Bestand des fraglichen Artikels lag bei null, der Status lautete »ausverkauft«.

»Ja, Frau Hambach, wie schon gesagt: der Artikel ist ausverkauft...«

»Also haben Sie nichts mehr da?«

»Nein, wie gesagt«

»Können Sie nicht mal nachschauen, vielleicht haben Sie ja im Lager noch eine Kiste an der Seite stehen.«

»Tut mir leid, nein. Wenn wir noch etwas von dem Artikel hätten, würde ich es sehen«

»Und wann kommt der Artikel wieder...?«. Florian verlor langsam die Geduld.

»Frau Hambach... wie bereits gesagt: der Artikel ist aus-ver-kauft! Wir haben kein einziges Exemplar mehr davon im Lager und werden den Artikel auch nie wieder bekommen. Sie können sich allerdings gerne in unserem Online-Shop eine Alternative suchen, sie bekommen mit der Ampel auch immer angezeigt, ob der Artikel an Lager ist, falls nicht, wann er wieder kommt… und wenn ein Artikel nicht mehr im Shop aufgeführt ist, dann ist er eben aus-ver-kauft! … kann ich sonst noch etwas für Sie tun, Frau Hambach?«

Jeden Tag gab es diese Anrufe, und die Kunden stellten immer wieder dieselben sinnlosen Fragen, die ihn an der Selbstständigkeit dieser Geschäftspersonen zweifeln ließen. Aber immerhin war diese Frau Hambach die letzte Kundin für heute, es war an der Zeit für den wohlverdienten Feierabend. Florian schloss alle Programme, fuhr den Computer herunter und packte seine Sachen – die Geldbörse und eine Flasche süßen, ungesunden Eistees – in seine kleine Tasche, die er rechts schulterte, bevor er die Bürotür hinter sich schloss und endlich den Heimweg antreten konnte. Florian zog die Sonnenbrille an und steckte sich die Kopfhörer in die Ohren. Trotz der mittlerweile abendlichen 18 Uhr war ihm das Sonnenlicht noch zu grell, die Musik benötigte er zur Entspannung nach der Arbeit – und als Vorwand, um andere Menschen nicht grüßen zu müssen. Glücklicherweise hatte Florian keinen langen Heimweg vor sich. Nach nicht einmal zehn Minuten Fußweg war er schon zu Hause angelangt, wo er bereits von seiner Katze erwartet wurde, die mit ungeduldigem Blick aus dem Fenster schaute.

Die Zugfahrt

Langsam fährt der Zug los und beginnt seine lange Reise. Mit jedem gefahrenen Meter jedoch beschleunigt der rot-weiße Zug immer auf den verrosteten Gleisen, die ihn quer durch das ganze Land tragen werden. Der ICE der neuesten Generation fährt schon nach kürzester Zeit mit seiner Höchstgeschwindigkeit von knapp 300 Kilometern pro Stunde die weitgehend gerade Strecke entlang. Die meisten Bahnhöfe auf dem langen Weg nach Berlin durchfährt der Intercity Express, ohne Halt zu machen. Das war auch der Grund, warum ich den ICE bevorzuge, die höhere Geschwindigkeit ist dabei zwei- oder sogar drittrangig für mich. Keine andauernden Zwischenstopps, bei denen ohnehin niemand ein- oder aussteigt, keine betrunkenen

Halbstarken, die pöbelnd durch den Zug lallen und fallen, auf dem Weg zur nächsten Kneipe. Ich schaue zum Himmel, gerade ziehen dunkle Wolken auf und schicken sich an, diesen beinahe noch fabrikneuen Zug mit ihren dicken Regentropfen zu überschütten. Der Gedanke ist noch nicht zu Ende gedacht, als der kräftige Schauer dann auch tatsächlich einsetzt und Milliarden eiskalter, dicker Wassertropfen gegen die Wände und Scheiben des Zuges klatschen lässt. Zugfahrten im Regen mochte ich schon als kleines Kind. Ich lehnte dann immer meinen Kopf gegen das Fenster und beobachtete, die die Regentropfen ihr kleines Wettrennen über das Fenster abhielten. Dann suchte ich mir einen Favoriten aus, dem ich die Daumen drückte und schaute zu. Ich fand es interessant, wie der Fahrtwind die einzelnen Tropfen nach hinten riss, wie sich die Wege einiger Tropfen kreuzten und diese sich dann miteinander verbanden, um das Rennen für den Rest der Distanz gemeinsam zu bestreiten. Aber ich habe nie auf den Richtigen gesetzt, damals wie heute. Ich grinse bei dem Gedanken. Ellen hatte auch immer Spaß an diesen kleinen Rennen der Natur. Oft hatten sie sich im Zug gemeinsam in das Spiel der Regentropfen vertieft, die im Fahrtwind des Expresszuges an ihnen vorbeiflossen. Das war zu der Zeit, als ich für meine Tochter noch ein Held war, den sie bewunderte. Nicht so wie heute. Nicht die peinliche Enttäuschung, die sie heutzutage verachtete. Mittlerweile ist Ellen fast schon zu einer jungen Frau herangewachsen, die bald flügge wird und als unabhängige, starke Frau ihr Nest verlässt. Wie oft hatte Nathalie ihren Ehemann und ihre Tochter regelrecht aus dem Zug zerren müssen, weil sie sonst den richtigen Bahnhof verpasst hätten. Aber heute kann das nicht passieren, ich achte genau darauf, wo der Zug gerade entlang fährt. Er braust gerade durch die mehrere Hektar großen, saftig grünen Felder vom alten Müller. Ein wunderschönes Fleckchen Erde, beinahe unberührt. Und dann muss ich mich aufstellen, sonst verpasse ich wieder meine Endstation. Ich stehe bereit. Ein letzter Blick auf den Zug. Ich springe. Und klatsche gegen die Scheibe des ICE. Wie ein Regentropfen im Wind.

Die Schublade

Ich kann gar nicht sagen, wie lange ich mich bereits in dieser Lage befinde. Sind es vier Monate, seit ich in diese Schublade gesteckt wurde? Fünf Monate? Ich weiß es nicht. Jegliches Zeitgefühl ging mir schon vor vielen Wochen verloren. »Zeit« ist für mich ohnehin belanglos geworden, ein Wort ohne jede Bedeutung. Einst hatte ich einen Zweck, eine Bestimmung. Heute bin ich nur noch ein weiterer vergessener Bewohner dieser vollgestopften Schublade. Meinen neuen Lebensraum teile ich mir mit den verschiedensten Dingen.

Links von mir liegen zum Beispiel die AA-Brüder, drei einst stolze und starke Batterien, denen heute nichts mehr bleibt, als von ihren guten alten Zeiten zu erzählen.

Jene Zeiten, in denen sie so manches Radio mit der benötigten Energie versorgt hatten, um wunderschöne Lieder und wichtige Nachrichten ertönen lassen zu können. Zeiten, in denen sie bunte Weihnachtsdekoration hell leuchten ließen oder um Uhren anzutreiben, die stets zuverlässig die Zeit anzeigten und morgendlich zum Aufstehen drängten. Jetzt, nach all der Zeit, waren die Brüder wohl zu alt und kraftlos für solch große Aufgaben geworden. Und doch hatte man sie nicht ihrem Ende überlassen, sondern stattdessen hier in diese Schublade geworfen. Wie jeden Tag warten sie auch heute darauf, dass die große Hand sie wieder aus der Schublade befreit. Ob für niedere Dienste wie das Versorgen einer Fernbedienung oder doch für den endgültigen Tod in der Mülltonne, es ist den Brüdern mittlerweile egal, solange die ewige Qual der Ungewissheit ein Ende findet.

Ähnliche Geschichten haben alle hier drin zu erzählen. Egal ob es sich dabei um die vielen Schlüssel handelt, die zu Schlössern gehören, die seit Jahren nicht mehr existieren. Oder die ausgeleierten Haargummis, die möglicherweise irgendwann doch noch mal etwas zusammenhalten könnten. Die unzähligen Kassenzettel zu Elektrogeräten, die für eventuelle Reklamationen aufbewahrt wurden, deren Thermopapier jedoch längst verblichen ist.

Und zwischen all diesen und vielen weiteren Gegenständen, die täglich in einer Welt zwischen Abfalleimer und erneuter Benutzung vegetieren müssen, lebe seit einigen Monaten ich. Im Gegensatz zu den anderen, die schon länger hier sind und trotz des täglichen Wartens keine Erwartungen mehr zu haben scheinen, habe ich die Hoffnung nicht aufgegeben. Jedes Mal, wenn die Schublade sich öffnet und ein oder zwei Hände zwischen uns herumwühlen und uns herumschieben, habe ich die Hoffnung, dass der Mensch seinen Irrtum erkennt und mich mit seinen Händen aus dieser Schublade befreit. Zweimal hatten mich die Hände tatsächlich gepackt, ich war so aufgeregt! Doch sie legten mich wieder zu den anderen und ließen mich in dieser Welt der Ungewissheit zurück, voller Angst und Trauer.

Bis heute weiß ich nicht, warum ich in diese finstere Schublade gesteckt wurde. Im Gegensatz zu den ausgelaugten AA-Brüdern oder den ausgeleierten Haargummis habe ich meinen Zenit lange nicht überschritten. Ich hatte keine Funktionsstörung und habe meinem Menschen immer treu und zuverlässig gedient. Und doch bin ich jetzt hier, ohne Erklärung meiner Bestimmung beraubt und gefangen in einer finsteren Welt, während meine Hoffnung mit jedem Tag mehr und mehr schwindet. Also bleibt mir nichts übrig als in dieser Welt der Ungewissheit zu warten, bereit für meinen treuen und zuverlässigen Einsatz wie all die Jahre zuvor.

Und jeden Tag stelle ich mir dieselbe Frage:

›wird sich die Schublade irgendwann für mich öffnen? Und falls ja, was werden die Hände mit mir machen?

Mir mein altes Leben zurückgeben? Oder mich endgültig wegwerfen?‹

Barbara

Zunächst öffnete Klaus die Haustür nur einen kleinen Spalt, gerade genug für die kleine Minka, um sich hindurch quetschen zu können. Warum musste auch gerade er die vermutlich einzige Katze besitzen, die das Prinzip einer Katzenklappe selbst nach unzähligen Versuchen nicht verstand? Er blickte der Katzendame in einer Mischung aus Belustigung und Resignation hinterher, bis sie aus seinem eingeschränkten Blickfeld verschwunden war. Schlussendlich schob Klaus die Tür nun also doch komplett auf, konnte mit seinem aufmerksamen Blick jedoch nur noch ein kleines Stück braunen Fells entdecken, ehe Minka vollständig hinter der Hecke im Nachbargarten in Richtung Waldstück verschwunden war.

Klaus' Blick schweifte durch die übrigen

Gärten dieser ruhigen Seitenstraße, bis sein Blick am strahlend blauen Himmel haften blieb. Die Sonne war gerade hinter einem der Nachbardächer verschwunden, doch den angenehmen Temperaturen tat dies keinen Abbruch. Unvermittelt entschied sich Klaus, das schöne Wetter noch ein wenig zu genießen und sich auf die Stufen vor sich zu setzen. Ohne ein Gefühl für Zeit blieb er dort sitzen und genoss die Ruhe. Seine Frau war arbeiten, die Tochter in der Schule. Plötzlich wurde das friedliche Zwitschern der Vögel jäh unterbrochen. In seinen Augenwinkeln vernahm Klaus ganz deutlich ein aufblitzendes Licht, ehe kurz darauf eine Katze laut und offenbar nicht gerade fröhlich aufschrie. Sofort sprang Klaus von den Stufen seines Hauses auf und eilte in Richtung der Schreie. Als er jedoch nach einer knappen Minute den Ort des Geschehens am Waldrand erreicht hatte, konnte er nichts Verdächtiges entdecken, bloß eine aufgeschreckte Minka, die mit aufgestelltem und buschigem Schwanz in den Wald hinein starrte. Obwohl Klaus einige Sekunden lang den Atem anhielt und stur in den Wald blickte, konnte er keinen Grund für Minkas Verhalten ausfindig machen. Vermutlich war es bloß ein frecher Vogel oder herumtollende Kinder. Langsam ging Klaus in die Hocke und streckte seine Hand nach dem aufgeschreckten Kätzchen aus. Ein paar Streicheleinheiten am Kopf und vor allem am Kinn, schon war alles vergessen und die neugierige Freigängerin schob sich wieder schnurrend an ihrem Herrchen vorbei in Richtung Wald.

Da plötzlich sah Klaus etwas. Minka hatte einen kleinen Bogen geschlagen und war einem schwarzen Gegenstand ausgewichen, den er selbst im Gras gar nicht wahrgenommen hatte. Neugierig und verwundert hob Klaus das schwarze Rechteck auf und erkannte sofort, dass es sich hierbei um ein Handy handelte. Es war ein neueres Modell, mit einer dieser hochwertigen Kameras, die mittlerweile um einiges besser waren als die Profikameras, die er selbst noch aus seiner Jugendzeit kannte. Von ein wenig Erde abgesehen war das Handy - wobei, mittlerweile sagte man ja »Smartphone« - noch sehr sauber, es könnte also noch nicht lange dort gelegen haben. Vermutlich hatte es also erst vor Kurzem jemand verloren. Und, so kam ihm gerade in den Sinn, vielleicht war es auch eben dieser Jemand, der den Blitz ausgelöst hatte, den Klaus vorhin gesehen hatte. Vermutlich war das dann auch der Grund für Minkas eigentümliches Verhalten gewesen, denn das Blitzlicht von Kameras war der merkwürdigen Katze beinah ebenso suspekt wie etwas so Simples wie Katzenklappen. Wer mag das Handy wohl hier verloren haben? Klaus tippte den Bildschirm des Telefons an, mit etwas Glück gab es keine Sperre und er konnte direkt nach Hinweisen auf den Eigentümer suchen.

Doch natürlich gab es eine Sperre, ein Sperrmuster, um genau zu sein. Und obwohl es theoretisch mehrere hunderttausend verschiedene Möglichkeiten für ein solches Sperrmuster gab, hatte Klaus sofort einen Einfall, wie er das richtige Muster erraten könnte. Er ging mit dem Handy raus aus dem Wald, bis er wieder vor seinem Haus stand. Anschließend hielt er den Bildschirm des gefundenen Handys dicht vor sein Gesicht und drehte es vorsichtig hin und her, während er genau auf die Spiegelungen der Sonne achtete. Und siehe da, er hatte recht. Wie bei seinem eigenen Handy ebenfalls, sah er auch auf dem Bildschirm des Fundstücks Fingerabdrücke und Fettschlieren. Unter all dem stach jedoch ein Muster deutlich hervor: ein auffälliges Zickzack-Muster, das über das gesamte Display führte. Zuversichtlich, dass es sich hierbei tatsächlich um das gesuchte Entsperrmuster handelte, probierte er es sofort aus... und hatte Erfolg. Der dunkelrote Sperrbildschirm verschwand und wurde ersetzt durch die Fotografie eines tiefschwarzen Raben, der majestätisch auf einem Ast thronte. Ein hübsches Foto, doch verriet es ihm leider nichts über die Identität des Besitzers dieses Telefons. So machte sich Klaus daran, in den Kontakten nach einem Namen zu suchen, doch ungewöhnlicherweise gab es zwischen all diesen Namen keinen jener Kontakte, die ihm in diesem Fall sofort hilfreich sein könnten. Unter all diesen eingespeicherten Nummern ließ sich keine »Mutter« finden, kein »Paps« und auch kein »Schatz«, »Hase« oder »Mausebär«. Selbst der mittlerweile fast obligatorische »eigene Nummer«-Kontakt war offenbar deaktiviert. Kurz blickte Klaus genervt vom Bildschirm auf, eher er sich nach drinnen zurückzog und es sich auf dem Sofa im Wohnzimmer bequem machte. Hier konnte er sich wieder in seine Suche vertiefen, ohne der prallen Sonne ausgesetzt sein zu müssen. Dann würde er wohl mehr in die Privatsphäre dieser unbekannten Person eindringen und sich in den sozialen Netzwerken umschauen müssen. Er gestand es sich nur ungern selbst ein, aber das würde sicher interessant werden. Steckte nicht in jedem von uns ein kleiner Stalker oder Voyeur, der bloß von den gesellschaftlichen Zwängen zurückgedrängt wurde – und von den Gesetzen natürlich?! Zunächst widmete sich Klaus

Facebook. Natürlich prangte die App sofort auf der ersten Seite der Arbeitsfläche. Doch nach einem Tippen mit dem Finger auf das weltberühmte weiß-blaue Symbol trat schnell Ernüchterung ein. Sogar Facebook war mit einem Sperrmuster gesichert worden und es war nicht dasselbe Muster, das auch das Handy selbst freigegeben hatte, wie Klaus nach einer Sekunde feststellen musste. Er versuchte es noch mit den zwei beliebtesten Mustern, einem Z und einem L, doch keines davon war korrekt und nun war der Zugriff auf die App gesperrt. Der Versuch, stattdessen zumindest WhatsApp öffnen zu können, war ebenso wenig von Erfolg gekrönt und so kam Klaus nicht umhin, den Besitzer merkwürdig zu finden. Entweder er achtete penibel auf die Sicherheit seiner sensiblen Daten und verdiente Respekt ... oder er war schlichtweg paranoid.

Klaus gab auf. Wenn er nicht selbst herausfinden konnte, wer das Handy verloren hatte, dann sollte der Besitzer stattdessen doch einfach ihn finden. Er zückte sein eigenes Handy und machte von seinem Fundstück ein paar Fotos von allen Seiten, um diese selbst ins Internet stellen. Vielleicht hatte er ja zumindest noch so viel Glück, dass sich in der Galerie ein paar Fotos des Besitzers befanden – »Selfies«, wie man dazu mittlerweile sagte. Zu seinem Erstaunen war die Galerie des Handys sehr aufgeräumt, neben dem »Kamera«-Ordner gab es nur noch einen »Download«-Ordner, in dem allerdings bis auf weitere Bilder und Zeichnungen von Raben nichts weiter zu finden war. Also der Kamera-Ordner. Vielleicht könnte er hier ja seinen inneren Stalker ein wenig besänftigen. Er tippte das stilisierte Kamera-Symbol an, doch was er fand, verschlug Klaus augenblicklich den Atem. Was er fand, waren keine Bilder einer jungen Frau oder eines jungen Mannes, dem womöglich das Handy gehörte. Er fand auch keine kitschigen und peinlichen Pärchen-Fotos, ja noch nicht einmal Katzenbilder. Stattdessen sah er bloß immer wieder dasselbe Motiv: sich selbst. Diese Bilder waren alle an verschiedenen Tagen und Orten aufgenommen worden, doch sie zeigten alle bloß denselben Mann mittleren Alters mit demselben dunkelgrauen Haar, denselben weißen Schläfen und denselben tiefen Augenringen. Beinahe ungläubig und aufs Tiefste erschrocken hielt er das Handy näher an sein Gesicht und zog das Motiv noch größer. Nun wollte er es ganz besonders dringend wissen: Wem gehörte dieses verfluchte Handy? Und aus welchem Grund verfolgte dieser Jemand ihn? Wie in Trance wischte er immer wieder durch die

Bilder, schaute sie sich immer und immer wieder an. Tief versunken in das Studium dieser Fotos bemerkte er nicht einmal, wie spät es bereits war. Das und die Tatsache, dass er offenbar immer wieder den Atem anhielt, merkte er erst, als die Haustür zugeschlagen wurde und seine Frau zwei Meter hinter ihm im Eingang zum Wohnzimmer stand. Schnell steckte er das fremde Handy in seine Hosentasche. Bevor er selbst herausgefunden hatte, was hier gespielt wurde, wollte er nicht auch noch seine Frau involvieren. »Klaus, musst du deine Pornofilmchen wirklich hier im Wohnzimmer schauen? Was wenn unsere Tochter hinein geplatzt wäre?«

Zu gerne würde er ihr erklären, dass er keine Pornos geschaut hatte und dass sie gefälligst nicht so mit ihm zu reden habe. Doch in Anbetracht der Situation hielt er sich lieber zurück, murmelte ein paar unverständliche Wortfetzen und schaltete den Fernseher ein. Auch den Rest des Abends blieb Klaus eher wortkarg und verabschiedete sich früh ins Bett. Er konnte einfach nicht aufhören, diese Fotos von sich anzustarren. Erst als zwei Stunden später Petra zu ihm ins Bett stieg, legte er das Handy unter sein Kopfkissen und schlief unruhig ein.

Mitten im tiefsten Schlaf schreckte Klaus plötzlich hoch. Irgendwo hörte er das Lied »Sweet Dreams«, nur sehr leise, aber dennoch deutlich. Schlaftrunken brauchte er ein paar Sekunden, ehe er sich orientieren und die Quelle des Gesangs unter seinem Kopfkissen lokalisieren konnte. Während er hastig nach dem gefundenen Handy tastete, blickte er kurz hinüber zu Petra, die allerdings seelenruhig weiterschlief. Er hingegen würde dieses Lied nie überhören und einfach weiterschlafen können, nicht bei diesem speziellen Lied. Er wusste nicht wieso, doch die Interpretation dieses 80er-Jahre-Klassikers vom Schock-Rocker Marilyn Manson war in seinen Augen einfach gruselig und hinterließ bei ihm immer ein ungutes Gefühl. Mit diesem Gefühl im Magen und seines restlichen Schlafes beraubt, schleppte sich der übermüdete Bankmanager in die Küche und schaltete die Kaffeemaschine ein. Ein großartiger Start in das Wochenende also, wie er zynisch zu sich selbst sagte. Als sich Stunden später Ehefrau und Tochter ebenfalls in die Küche gesellten, um zu frühstücken, hatte er bereits zwei Kannen Kaffee und eine halbe Schachtel Zigaretten verbraucht. Trotzdem zog Klaus das morgendliche Lesen der Tageszeitung dem Smalltalk mit seiner Familie am Frühstückstisch vor, das gehörte sich für ihn einfach so. Als es dann jedoch in seiner Hosentasche vibrierte, zog Klaus den brummenden kleinen Apparat unmittelbar aus der Hose hervor - eine reflexartige Handlung, über die er als dauerhaft erreichbare Führungspersönlichkeit gar nicht mehr nachdachte. Erst als Petra mit einem neugierigen »Oh, ein neues Handy? Davon hast du ja gar nichts erzählt...« die Hand nach dem, wie er jetzt erst realisierte, fremden Handy ausstreckte, bemerkte er seinen unbedachten Fauxpas. Bevor Petras rechte Hand das vermeintlich neue Mobiltelefon jedoch ergreifen konnte, schlug Klaus diese mit seiner eigenen rechten Faust derart heftig auf die massive hölzerne Tischplatte, dass jeder der drei Anwesenden das darauffolgende Knacken deutlich hören konnte. »WAS HABE ICH DIR ÜBER DAS ANFASSEN MEINER SACHEN GESAGT?!

NICHT! ANFASSEN! Und wage es ja nicht, jetzt wieder auf die Tränendrüse zu drücken!«

Als wäre das ihr Stichwort, erhob sich die ruhige Kate tonlos, räumte den Frühstückstisch ab und zog sich in ihr Zimmer zurück. Ihre Ruhe währte jedoch nicht allzu lange, da Klaus nur wenige Minuten später seine wimmernde Ehefrau in der Küche zurückließ und seiner Tochter in ihr Zimmer folgte. Die Tür war nicht verschlossen, denn Kate wusste nur allzu gut, wie sehr ihr Vater verschlossene Türen in seinem Haus hasste. Als er den Raum betrat, blätterte sie gerade in einem Buch herum, legte dies aber sofort zur Seite und schenkte ihm die ganze Aufmerksamkeit.

Klaus setzte sich zu ihr aufs Bett und legte einen Arm um ihre Schulter.

»Tut mir leid, dass ich dich erschreckt habe, Prinzessin«, begann er mit leiser, sanfter Stimme. »Du weißt, wie wichtig es für mich ist, dass es meinem kleinen Mädchen gut geht. Und: Dass ich mich immer auf dich verlassen kann«

Mit diesen Worten legte er seine Hand auf ihren linken Oberschenkel, wo ihre beiden Hände zitternd ruhten. Dann jedoch wurde Klaus von einem erneuten Vibrieren in seiner Hosentasche unterbrochen. Genervt von der Unterbrechung und dennoch neugierig, zog er seine rechte Hand von Kates Schulter zurück und tastete nach dem vibrierenden Mobiltelefon. Ein Blick auf das Display zeigte zwei MMS-Nachrichten für seinen Stalker an. Die Nachrichten hatten jedoch keinen Text als Inhalt, bloß beide eine Bilddatei als Anhang. Er öffnete die Anhänge und erstarrte augenblicklich vor Schock. Das erste Bild war eine Nahaufnahme von Petra, die sich im Badezimmer-Spiegel betrachtete. Petras Gesicht und ihr nur mit einem BH bekleideter Oberkörper zeigten mehrere blaue Flecken, manche bereits verblasst, doch der Großteil offenbar recht frisch. Am unteren Bildrand prangten bedrohlich die Worte »Ich weiß, wer du bist…«.

Aufgewühlt wischte er zur Seite, zum nächsten Anhang. Ein weiteres Foto, dieses Mal jedoch zeigte es ihn mit Kate in ihrem Zimmer, die Hand des Mädchens im Schritt ihres Vaters. Zwar war dieser Bereich verpixelt worden, man erkannte jedoch deutlich die Klaus' Jeans, die heruntergelassen am Boden lag. Auch dieses Mal stand am unteren Bildrand etwas geschrieben und Klaus erschrak beim Lesen sogar noch mehr als beim bloßen Anblick der Bilder: »… Thomas!«

Nun war es ihm zu viel. Klaus schnappte sich

seine Geldbörse und die Schlüssel und fuhr
los. Ohne Ziel, ohne darauf zu achten, wo
lang er fuhr, Hauptsache weg. Nach 20 Minuten des Umherfahrens hielt er letztendlich
am Straßenrand an und versuchte, die
Nummer zu erreichen, die ihm diese Nachrichten geschickt hatte. Doch es hatte keinen
Zweck. Das Telefonat wurde ohne Klingeln
sofort beendet, eine Mailbox gab es offenbar
auch nicht. So tat er das Letzte, was noch
übrig blieb und antwortete der unbekannten
Nummer per SMS.

»Wer sind Sie? Was wollen Sie von mir?«
Eigentlich hatte er erwartet, dass die Nach-
richt nicht versendet werden könne und dass
er stattdessen eine Fehlermeldung erhalten
würde. Doch zu seiner Überraschung erhielt
er innerhalb weniger Sekunden den Zustell-
bericht und sogar wenig später eine Antwort.
Unglücklicherweise enthielt sie keinerlei

Erklärungen oder Hinweise, lediglich eine Adresse: »Bahnhofstraße 87c. Ich warte.«

Mit durchgedrücktem Gaspedal und ohne Rücksicht auf mögliche Blitzer raste Klaus zur angegebenen Adresse. Wer auch immer versuchte, ihn irgendwie unter Druck zu setzen, würde das noch bereuen. Nach wenigen Minuten erreichte Klaus die Bahnhofstraße 87c. Auf den ersten Blick war es ein sehr unscheinbares Wohngebäude mit verblasster blauer Fassade und heruntergelassenen Rollläden. Der Eingang, so ein kleines Hinweisschild für den Postboten, befand sich auf der Rückseite des Gebäudes. Die Haustür war nicht abgeschlossen, er wurde wohl tatsächlich bereits erwartet. Vorsichtig trat er durch die Tür, doch er konnte kaum die Hand vor den Augen sehen. Die heruntergelassenen Rollläden und die hohen Häuser in der Nachbarschaft taten alles, um es hier drin stockfinster zu gestalten. Glücklicherweise fand Klaus schnell den obligatorischen Lichtschalter rechts neben der Tür, er musste nicht einmal hinsehen, um ihn zu finden. Zu seiner Überraschung ertastete er jedoch keinen üblichen Kippschalter, sondern stattdessen einen dieser sehr altmodischen Drehschalter, wie man sie heutzutage eigentlich nur noch in sehr alten Häusern finden sollte. Nichtsdestotrotz erwachte durch das Betätigen des Schalters eine Deckenlampe zum Leben, wenn auch nur eine einzige Glühbirne am Ende des Raums. Offenbar handelte es sich hierbei jedoch um eine billige Energiesparlampe, denn das Licht der Glühbirne wurde nur sehr langsam heller.

Mit langsamen Schritten ging er tiefer in den noch immer sehr dunklen Raum, konnte bisher aber keine andere Person ausmachen.

Allerdings weigerte sich Klaus, laut los zu rufen und somit das oberste Klischee aller Hollywood-Filme Realität werden zu lassen. Aus dem Nichts jedoch spürte Klaus einen Schmerz, ein Stechen in seinem Hals. Als er sich ruckartig umdrehte, stand tatsächlich Jemand hinter ihm. Durch das die Eingangstür hereinfallende Licht von draußen konnte er nichts Genaues sehen, lediglich die Silhouette einer etwas kleineren Person konnte er deutlich erkennen. Doch noch bevor er etwas zu ihr sagen oder eine Hand zu seinem schmerzenden Hals hochreißen konnte, verlor er langsam die Kontrolle über seinen Körper. Es fühlte sich an, als verwandelten sich all seine Muskeln langsam in Pudding. Er versuchte, sich irgendwo festzuhalten. Versuchte, die Gestalt vor sich zu fassen zu bekommen. Doch als habe er sämtliche Kraft verloren, zog sein Körper ihn langsam zu Boden. Er spürte noch einen Stoß gegen die Brust, dann wurde es schwarz um ihn. Alles war wieder stockfinster, doch er glaubte zu spüren, wie sich alles um ihn herum drehte. Als die Welt endlich wieder zum Stillstand gekommen war, lag Klaus auf einem harten, staubigen Boden, das konnte er sogar in dieser Dunkelheit fühlen. Doch dieser Eindruck war für ihn nur ganz weit entfernt, denn was er vor allen anderen Dingen spürte, war Schmerz.

Noch immer außer Stande, seinem eigenen Körper wieder befehle zu erteilen, lag Klaus auf diesem harten Boden und hatte das Gefühl, sei Körper stehe in Flammen. Am Liebsten hätte er ob dieser wahnsinnigen Schmerzen losgeschrien, doch selbst das war ihm zur zeit nicht vergönnt. Dann hörte er Schritte. Er konnte nicht genau sagen, was es war, aber irgendetwas an diesen Schritten hörte sich merkwürdig an. Sein Verstand war vermutlich zu vernebelt von den Schmerzen, um diese sicherlich völlig einfache Schlussfolgerung ziehen zu können. Die Schritte kamen immer näher und nach einer kleinen, von einem Klacken begleiteten Pause, erhellte sich sogar der staubige Boden, auf dem er lag. Aus den Augenwinkeln konnte er erkennen, wie eine in einen schwarzen Umhang gehüllte Person immer näher kam, während sie einige steile Stufen hinabstieg. Diese Treppe war er offenbar heruntergefallen. Klaus wollte genauer hinschauen, wollte sein Gesicht zu dieser Treppe und der Person drehen, doch sein schmerzender Körper gehorchte auch weiterhin nicht seinen Befehlen. Stattdessen packte ihn die verhüllte Person und schleifte ihn über diesen staubigen Boden nach hinten, weg von der Treppe. Offenbar was es keine allzu kräftige

Person, es kostete sie offensichtlich einige Mühe, den bewegungsunfähigen Mann über den Boden zu ziehen. Nur ruckweise schaffte es der Unbekannte, Klaus zu einem Stuhl in der Mitte des Zimmers zu schleifen. Mit jedem Ruck durchzog Klaus eine noch größere Woge des Schmerzes, viel schlimmer als den ohnehin schon allgegenwärtige Schmerz. Er war sich nicht sicher, aber nach den Schmerzen nach zu Urteilen war mindestens eines seiner Beine gebrochen, auch sein rechter Arm wirkte, als stehe er in Flammen. Rücksichtslos und ohne ein Wort mit ihm zu wechseln, setzte dieser Fremde ihn auf und hob ihn, nach einer kleinen Verschnaufpause und unter großer Mühe, auf den bereitstehenden Stuhl hinauf. Den Oberkörper band sie mit Kabelbinder am Stuhl fest und setzte sich im Anschluss ebenfalls auf einen augenscheinlich viel bequemeren Stuhl weiter hinten. Mit aller Willenskraft konzentrierte sich Klaus darauf, sein Gegenüber genauer in Augenschein zu nehmen. Doch neben der bereits festgestellten Körpergröße konnte er nicht viel erkennen, außer dass es eine eher schmächtigere Statur war, die der Angreifer hatte. Durch einen langen Mantel mit einer tief ins Gesicht gezogenen Kapuze war es ihm unmöglich, weitere Details ausfindig zu machen. Doch als vor ihm ein großer Fernsehbildschirm zum Leben erwachte, lenkte Klaus seine gesamte Aufmerksamkeit weg dorthin und versuchte, mehr schlecht als recht, die grauenhaften Schmerzen in seinem Bein auszublenden. Auf dem Fernsehbildschirm sah Klaus nun ein Foto von sich selbst, die Aufnahme dürfte nur wenige Tage alt sein. Er wollte fragen, was das alles hier sollte, doch noch immer war er nicht in der Lage, sich zu bewegen oder gar zu sprechen.

Stattdessen ergriff die verhüllte Person nun das Wort.

»Schön, dass du es einrichten konntest...
›Klaus‹...«.
Es war eindeutig die Stimme einer jungen Frau, vielleicht Anfang, Mitte 20. Aber so sehr er es auch versucht, er konnte die Stimme keiner ihm bekannten Person zuordnen. Da ihm nichts weiter übrig blieb, hörte er der Frau daher weiter zu. »Du musst dir keine Sorgen machen. Schon bald wirst du dich wieder bewegen können. Deine Muskeln befinden sich zur Zeit bloß ein wenig im Tiefschlaf. Der Rest von dir bleibt natürlich unbeeinträchtigt - außer, dass du vielleicht ein wenig müde werden wirst. Aber ich versuche, mich zu beeilen. Lass mich dir eine Geschichte erzählen.«

Mit diesen Worten wechselte das Bild auf dem Fernseher und zu sehen war nun eine junge Familie, sehr ähnlich zu Klaus' eigener. Er sah einen jungen Mann mit dichtem, schwarzem Haar, eine junge Frau mit hellbraunen Locken und ein Mädchen im frühen Teenageralter, mit dunkelrot gefärbtem Haar.

»In meiner Kindheit lebte ich mit meiner Mama und ihrem damaligen Freund in einem kleinen Mietshaus am anderen Ende des Landes. Wir hatten nicht viel Geld, aber zum Leben reichte es uns. Unglücklicherweise war der Freund meiner Mama ein cholerisches Arschloch, das meine Mutter regelmäßig grün und blau schlug. Dumm und verliebt, wie meine Mama war, ertrug sie diese Gewalt und blieb bei ihrem gewalttätigen Freund. Sie war stets der Meinung, sie habe es verdient, immerhin habe sie ihn gereizt und provoziert. Ich hatte Angst vor dem Mann und schloss mich regelmäßig in meinem Zimmer ein. Und anfangs ließ er mich dann auch in Ruhe. Als ich dann kurz vor meinem dreizehnten Geburtstag das erste Mal meine Tage bekam, änderte sich alles. Wenn meine Mutter den Einkauf erledigte oder im Keller die schmutzige Wäsche machte, kam ihr Freund zu mir ins Zimmer. Ich sperrte nun jedes mal ab, doch nach einigen Wochen hatte er sich einen Ersatzschlüssel anfertigen lassen und ließ sich durch eine verriegelte Tür nicht mehr aufhalten. Gerade am Anfang sprach er immer sehr sanft mit mir, als wolle er mich trösten. Er drängte mich dazu, Dinge mit ihm zu tun. Und er drohte mir, mich ins Heim zu schicken, wenn ich ihm nicht gehorchen oder meiner Mama etwas erzählen sollte.«

Die junge Frau machte eine winzige Pause, sie räusperte sich kurz und fuhr unbeirrbar fort.

»Nach ein paar Monaten hatte er mit meiner Mama einen riesigen Streit. Sie hatte ihm zu wenig Zucker in den Kaffee getan. Wieder wurde ihr Freund handgreiflich, dieses Mal jedoch noch unbeherrschter als sonst. Ich stand auf, wollte ihn von meiner Mama wegzerren, doch er verpasste mit nur eine und schrie mich an, ich solle in mein Zimmer gehen. Nach fünf Minuten weiterer Schreierei kam er dann in mein Zimmer, während ich Mama noch immer in der Küche weinen hörte. Er sperrte die Tür ab und setzte sich zu mir. Er verlangte von mir wieder, dass ich ihm die Hose ausziehen und ihm »helfen« sollte. Dieses Mal blieb es aber nicht dabei. Das Schwein fing an, auch meine Hose auf zu machen, und sagte, es sei nun an der Zeit für mich, eine erwachsene Frau zu werden. Ich zitterte am ganzen Körper, ich wollte das nicht. Ich hatte Angst vor ihm und vor dem, was er da von mir verlangte. Sofort schossen Tränen in meine Augen und ich flehte den Mann an, das nicht von mir zu verlangen. Er ignorierte mich und machte sich weiter an meiner Hose zu schaffen. Doch ich nahm allen Mut und alle Kraft zusammen, stieß ihn fest genug nach hinten, dass er vom Bett hinunter fiel und rannte los. Ich lief zur Zimmertür, sperrte sie auf und rannte den Flur entlang. Ich wollte die Treppen ins Erdgeschoss hinunter rennen, einfach nach draußen auf die Straße, weg von ihm.

Doch noch vor der ersten Stufe hatte er mich bereits eingeholt und hielt mich fest. Ich wand mich, wollte mich aus seinem festen Griff befreien, doch es half nichts. Als letzten Strohhalm versuchte ich, ihn zu treten und mich so von seinem Griff zu lösen, doch auch meinen heran schnellenden Fuß fing er mühelos in der Luft ab. In seinem Gesicht zeichnete sich sein grenzenloser Zorn ab. Er schrie mich an, was mir denn einfiele. Dann stieß er meinen Fuß ruckartig wieder zurück durch die Luft, so stark, dass ich das Gleichgewicht verlor und die Treppen hinunter fiel. Mit wutentbrannten Augen blickte er mich an, sah mir hinterher, während ich Stufe um Stufe erneut aufschlug.

Die Schmerzen waren unerträglich, ich war wie gelähmt und konnte nicht aufstehen. So ähnlich wie du vorhin, »Klaus«. Mit unerträglichen Schmerzen und in meinem eigenen Blut lag ich am Fuß der Treppenstufen, doch niemand kam, um mir zu helfen. Stattdessen hörte ich sein erneutes Geschrei von oben und meine Mama, die sich bei ihm für irgendetwas entschuldigte und ihn anbettelte, nicht zu gehen. Ihr Flehen war erfolg-los, wenig später hörte ich, wie die Haustür von oben zugeschlagen wurde. Als er das Haus verlassen hatte, kam irgendwann meine Mama nach unten. Während sie die Stufen hinab stieg, schimpfte sie fürchterlich, was ich denn schon wieder angestellt hätte. Erst, als sie unten angelangt war und mich dort liegen sah, verschlug es ihr die Sprache.«

Die verhüllte junge Frau nahm sich eine kurze Atempause, während auf dem Fern-seher ein neues Bild das alte ablöste. Klaus brauchte einen Moment, um das Gezeigte erkennen zu können, doch als sein Gehirn gerade eine Verknüpfung hergestellt und ihn erleuchtet hatte, erzählte die junge Frau weiter.

»Mama rief sofort den Notarzt. Es war sicher nicht einfach, sie zu verstehen, so stark

schluchzte und weinte sie in den Telefon-
hörer. Nach wenigen Minuten waren die
Ärzte angekommen, direkt durch den unteren Hintereingang, aus dem ich selbst zuvor
so gern geflohen wäre. Der Arzt spritzte mir
etwas und ein paar Sekunden später war ich
ohne Bewusstsein. Als ich wieder aufwachte,
lag ich in einem Krankenhausbett. Alles an
mir fühlte sich komisch an, ich war noch
total benommen und konnte meinen linken
Arm und die Beine nicht bewegen. Ich wollte
mich umschauen, mich aufsetzen, doch eine
Krankenpflegerin ermahnte mich freundlich,
aber sehr energisch, mich nicht zu bewegen.
Sie rief einen Arzt herbei, der auch innerhalb
von Sekunden durch die Tür kam, gefolgt
von meiner Mutter, die offenbar in ein ernstes Gespräch mit dem Arzt verwickelt war.
Ein sehr netter, etwas älterer Arzt war es, der
sich auf einen Stuhl zu mir setzte, während

Mama mit ihrem Stuhl ganz nah an mein Kissen rückte und meine rechte, unverletzte Hand ergriff. Nur mit ganz leiser Stimme, kaum mehr als einem Flüstern, begann der Arzt mit mir zu sprechen und erklärte mir ganz genau und so kindgerecht wie möglich, was mit mir los war. Mein linker Arm war gebrochen und steckte in einem Gips, doch es war kein komplizierter Bruch. Nach ein paar Wochen sei der Arm wieder so gut wie neu. Zudem gäbe es einige Prellungen, doch auch die seien zwar ein wenig schmerzhaft, aber nichts Ernstes. Dann aber begann der Arzt zu Schlucken und Mama hielt meine Hand nun noch fester. Bei meinen rechten Bein war die Lage leider nicht so glimpflich gewesen wie bei meinem Arm. Ich hatte einen offenen, dreifachen Schien- und Wadenbeinbruch sowie einen ebenfalls offenen, sehr komplizierten Oberschenkelhalsbruch. In den Minuten, als ich hilflos unten an der Treppe lag, hatte ich eine Menge Blut verloren, während die gesplitterten Knochen Haut, Gewebe und Nerven zerstört hatten. So musste dieser unglaublich nette Arzt mir, einem dreizehnjährigen jungen Mädchen mitteilen...«.

Die junge Frau stand von ihrem Stuhl auf und stützte sich dabei, wie Klaus erst jetzt bemerkte, auf einen hölzernen Gehstock. Sie machte mit dem rechten Bein einen Schritt nach vorne, während sie ihre Kapuze nach hinten schob und den langen Mantel von ihrem Bein weg zog. Klaus schaute sich die Frau nochmal genau an. Dieses Gesicht, diese Geschichte... langsam begriff er, was hier gespielt wurde. Sein Blick fiel auf das rechte Bein der jungen Frau und wieder auf das Bild, das im Fernseher angezeigt wurde. Offenbar war das ein Bild jenes mehrfach gebrochenen rechten Beins, von dem sie soeben erzählt hatte. Diese offenen Wunden, die Knochen, die dort herausragen, das viele Blut... Klaus musste den Blick schnell wieder abwenden und versuchte, seinen Blick auf das Gesicht der Frau zu fokussieren.

»... ›Frau Lindner... Barbara... es tut mir unendlich leid, aber... wir mussten dir dein rechtes Bein amputieren.‹ Ich war dreizehn! Dreizehn! Ich muss mein ganzes Leben mit diesem Ding hier leben, mit einer verdammten Prothese! Und dass nur, weil so ein triebgesteuertes, cholerisches Schwein seine Finger nicht von einem jungen Mädchen lassen konnte? Und weil dieses Schwein dann nicht einmal Manns genug war, mir zu helfen, nachdem es mich so schwer verletzt zurückgelassen hatte? Und was machte das Schwein dann? Er schickte meiner Mama ein bisschen Geld, damit sie auch ja bei ihrer

Geschichte vom tollpatschigen, gestolperten Kind bleiben würde. Dann zog der Kerl ans andere Ende des Landes und heiratete eine andere Frau. Er nahm ihren Mädchennamen an und glaubt seitdem, er könne sich jeglicher Verantwortung entziehen! Sieh her, was du mir angetan hast, Thomas! Schau dir genau an, was ich dank dir jeden Tag meines restlichen Lebens ertragen muss!«

Barbaras Stimme versagte und so setzte sie sich wieder hin, um sich zu sammeln. Sie wischte sich die Tränen mit dem Ärmel ihres Mantels aus dem Gesicht. Sie sah zu Thomas rüber, dem Mann, der sich heute Klaus nannte. Seine Lippen begannen zu zucken, er versuchte tatsächlich, etwas zu sagen. Barbara stand auf und kam näher, sie wollte hören, was er zu sagen hatte. Auf ihren Gehstock gestützt kam sie näher, nur um zu hören, wie der Mann, der ihr Leben zerstört hatte, zu einem billigen ›es tut mir leid‹ ansetzte.

»Es tut dir leid? Du hast nicht nur mein Bein zerstört! Du hast mein ganzes Leben zerstört! Es hat ewig gedauert, bis ich wieder gelernt hatte, zu laufen. Ich habe die meisten schönen Erlebnisse einer Kindheit nur aus der Ferne beobachten können. Ich hatte keine Freunde, alle haben sich irgendwann von mir abgewandt! Immer war ich nur die einbeinige Außenseiterin, die Niemand dabei haben wollte! Sieben Jahre lang war ich in Therapie, um mich mit meinem neuen Leben arrangieren zu können und mich nicht vor einen Zug zu werfen! Du hast keine Ahnung, wie das ist! Und dann finde ich dich hier, mit einer neuen Familie und einem neuen Namen und muss feststellen, dass du dich kein bisschen geändert hast. Du bist noch immer dasselbe cholerische, triebgesteuerte

Schwein wie vor all den Jahren! Aber damit ist jetzt Schluss. Und dann wirst du auch wissen, wie es ist, wenn das Lebe zerstört wurde.«

Mit diesen Worten gab sie ihm eine weitere Spritze, dieses Mal direkt in sein noch immer schmerzendes Bein. Er hatte noch immer keine wirkliche Kontrolle über seinen Körper, der Versuch zu Sprechen vorhin hatte ihn alles an Körper- und Willenskraft gekostet, was er aufbringen konnte. Barbara zog seine beiden Beine auseinander und nun konnte Thomas auch erkennen, was genau an seinem Bein so höllisch weh getan hatte, bis er vorhin diese Spritze erhalten hatte. Auch er hatte sich bei seinem Sturz das Bein gebrochen und auch bei ihm war es ein offener Bruch. Doch im Vergleich zu dem Bild auf dem Fernseher vor ihm hatte er noch

Glück gehabt. Es war ein einzelner Bruch am Schienbein, kein dreifacher und erst recht kein Bruch des Oberschenkelhalses. Doch auf die minimale Erleichterung folgte prompt schiere Panik, als Barbara sich eine OP-Maske und über ihrem Mantel sogar einen OP-Kittel anzog und sich ihm mit etwas näherte, das wie eine Handkreissäge aussah. Sie hatte doch nicht etwa vor, was er befürchtete? Seine Panik schien sich jedoch zu bestätigen, als die junge Frau seelenruhig und ohne ein weiteres Wort damit begann, Thomas' Oberschenkel abzubinden.

Angstschweiß bildete sich auf seiner Stirn, doch noch immer kraftlos und obendrein immer schläfriger, war Thomas außer Stande, sich zu wehren oder zumindest zu schreien. Hilflos musste er mit ansehen, wie diese junge Frau, die er als Teenie zuletzt gesehen hatte, die Säge einschaltete. Das markerschütternde Geräusch der kreisenden Klinge drang in seine Ohren und er wünschte sich, er könne diese ebenso schließen wie seine Augen. So blieb ihm nichts anderes übrig, als mit anzuhören, wie das grelle Geräusch der Säge dumpfer wurde, während diese in das Fleisch seines Oberschenkels schnitt. Obwohl er seine Augen fest verschlossen hielt, sah er vor seinem inneren Auge unfassbare Szenen vor sich, immer weiter angeheizt durch die nicht ausblendbaren Geräusche der Säge.

Zu wissen, was sich an seinem Bein abspielte, obwohl er dort zur Zeit keine Schmerzen verspürte, war unheimlich surreal. Nur die Vibrationen der Säge, die sich auf seinen gesamten Körper übertrugen, zeugten neben den Geräuschen von dem Grauen, das er erdulden musste. Als das markerschütternde Geräusch der Säge erstarb, konnte Thomas vor Müdigkeit und Schock kaum noch seine Augen öffnen. Doch er musste sie öffnen. Er musste mit eigenen Augen stehen, was Barbara ihm angetan hatte. Es schien ihm so unwirklich, sein abgetrenntes Bein vor sich auf dem dreckigen Boden liegen zu sehen. Und doch war es die Realität, die vor ihm lag.

Dann sah er im Augenwinkel, wie Barbara ihre Hand in seine Hose steckte, jedoch nicht auf die Art und Weise, die er selbst sich immer gewünscht hatte. Stattdessen griff sie in seine Hosentasche und holte dort die beiden Handys raus: ihr eigenes und das von Thomas. »Vielen Dank für's Aufbewahren, Thomas«, sagte Barbara in einem unheimlich freundlichen Ton, der nicht erwarten ließe, dass sie ihm gerade ein Bein abgesägt hatte. Ihr eigenes Handy steckte sie ein, Thomas' Handy behielt sie in der Hand. Den OP-

Kittel und die OP-Maske steckte sie zusammen mit ihren benutzten Handschuhen und der Säge in eine Tasche, die unter ihrem Stuhl versteckt gestanden hatte, und packte alles zusammen. Den 5-Euro teuren USB-Stick aus dem Supermarkt ließ Barbara weiter im Fernseher stecken. So konnte sich Thomas, wenn er denn wollte, noch ein wenig anschauen, was er ihr vor dreizehn Jahren angetan hatte. Mit einem Messer aus ihrer Manteltasche schnitt sie die Kabelbinder durch, die Thomas an dem Stuhl festgehalten hatten, so dass ihr noch immer bewegungsunfähiger Schänder vornüber kippte und auf dem blutverschmierten Boden liegen blieb. Barbara zog sich ihre Kapuze wieder tief ins Gesicht, schnappte sich ihre Tasche und ihren Gehstock und ging in Richtung der Treppen nach oben. Auf der obersten Stufe legte sie dann Thomas' Handy ab.

»Hier... falls du den Notarzt rufen möchtest...«

Anschließend trat sie durch die Haustür nach draußen, schloss diese wieder ab - wie sie es seit knapp zwölf Jahren bei jeder Tür machte - und machte sich auf den Weg zum nahegelegenen Bahnhof. Sie hatte Glück: Wenn sie sich beeilte, erwischte sie noch den nächsten Express-Zug und war noch vor Einbruch der Nacht wieder zu Hause.

Verlassen

Nur langsam und vorsichtig öffnete Mara ihre Augen. Die Sonne schien erstaunlich hell an diesem Morgen und blendete sie ein wenig. Mit einem verschlafenen Blick nach rechts stellte Mara dann erschrocken fest, dass ihre Ehefrau Roya nicht neben ihr lag. Aufgeschreckt schob sie sich aus dem Bett und rannte hinunter, doch im ganzen Haus gab es keine Spur ihrer Frau. Nirgends lag ein Zettel, auf ihrem Handy hatte sie keine Anrufe in Abwesenheit und keine SMS erhalten. Zwar versuchte sie ihrerseits, ihre Frau zu erreichen, doch Roya ging nicht an ihr Handy ran. Panisch hetzte Mara in ihrem Haus umher, suchte nach Hinweisen oder nach einer Erklärung, doch sie fand nichts. Und dann plötzlich fiel Mara auf: Im gesamten Haus fand sie nichts mehr von ihrer Frau.

Ihre Hälfte des Kleiderschranks war leergeräumt, im Schuhschrank fehlte ein Großteil, es war alles weg. Mara konnte es nicht verstehen, doch ihre Frau hatte sie verlassen, ohne Vorwarnung und ohne Erklärung.

Den Tränen nahe setzte sie sich in ihr Auto und fuhr in den Nachbarort, wo ihre beste Freundin wohnte und jederzeit ein offenes Ohr für sie hatte. Mit Blick in die Kamera der Überwachungsanlage klingelte sie dreimal und wartete auf das Brummen des Türöffners ... doch es kam nicht. Wieder und wieder klingelte sie, doch die Tür wurde nicht geöffnet. Das Auto ihrer Freundin stand in der Einfahrt, sie war auf jeden Fall zu Hause. Dann fiel Mara ein, dass es ja recht früh war, vermutlich schlief Linda noch. Aber das hier war ein Notfall, also klingelte Mara weiter, mal länger, mal kürzer, bis das bekannte statische Knacken eine Stimme in der Sprechanlage ankündigte. Doch zu Maras Überraschung war es nicht die sanfte Stimme von Linda, die sie erwartet hatte. Stattdessen erklang die raue, unfreundliche Stimme von Peter, Lindas Freund, der sie mit einem herrischen »Du solltest gehen. Verschwinde!« vom Hof jagte. Völlig perplex glaubte Mara an eine Verwechslung und fragte nach, was sie angestellt hätte, doch mehr als ein »Das weißt du genau! Verschwinde, bevor wir die Polizei rufen!« war nicht aus ihm herauszubekommen. Anrufe auf Lindas Handy wurden von einer männlichen Computerstimme mit der Anmerkung »Die gewählte Rufnummer ist ungültig« beendet. Entgegen Peters Behauptung wusste Mara nicht, was sie falsch gemacht haben könnte.

In Tränen aufgelöst setzte sie sich erneut ins Auto und rief die letzte Person an, auf die sie immer zählen konnte, gleich, was passierte. Unter all dem Geschluchze war sie vermutlich kaum zu verstehen, aber sie konnte nicht anders. »Mama? ich bin's, Mara. Ich weiß nicht warum, aber irgendwie geht grade alles den Bach runter. Ich... Mama? Mama hörst du mich? Mama?!?«. Doch sie hörte sie nicht mehr, ihre Mutter hatte einfach aufgelegt. Sofort rief Mara zurück, sicher war ihre Mama nur auf den Knopf gekommen, dachte Mara. Aber sie irrte sich. Ihre Anrufe kamen nicht mehr durch. SMS und WhatsApp-Nachrichten wurden nicht mehr zugestellt. Jetzt wurde Mara endgültig von ihrer Verzweiflung überwältigt. Sie wusste nicht, was hier vor sich ging, doch hatte sich jede Person von ihr abgewandt, die ihr wirklich etwas bedeutete.

Das unablässige Weinen nahm ihr vor Tränen die Sicht, durch das heftige Schluchzen schmerzte ihr Bauch und sie bekam kaum Luft. Nichtsdestotrotz fuhr Mara geradewegs und ohne auf Verkehr oder Ampeln zu achten, wieder in ihr leeres Zuhause. Sie ließ sich ein Bad ein, heiß und mit viel duftendem Badeschaum. Ihre Kleidung ließ sie achtlos dort fallen, wo sie entlang ging, und ließ sich in das heiße Wasser sinken. Sofort tauchte sie den Kopf unter Wasser, um die Tränen aus ihren Augen und von ihrem Gesicht zu waschen. Ihren Kopf ließ Mara untergetaucht, unsicher darüber, ob sie überhaupt noch einmal auftauchen wollte. Was hatte sie denn jetzt noch, nachdem alle sie verlassen hatten? Hatte das Leben ohne ihre Liebsten noch einen Sinn? Lohnte es sich überhaupt, dann noch zu ... Was war das? Plötzlich hörte sie dumpfe

Stimmen. Es waren mehrere, doch sie alle riefen dasselbe: ihren Namen, Mara. Nun tauchte sie doch wieder auf, um die Stimmen deutlicher hören zu können. Es waren Roya, Linda und ihre Mutter, das hörte sie genau. Sie schienen hier im Badezimmer zu sein und riefen Maras Namen, fröhlich und freundlich. Doch Mara sah sie nirgends, das Bad war noch immer leer. Wieder tauchte sie kurz unter, spülte sich die Ohren aus. Dann plötzlich sah sie sie. Zu dritt kamen sie auf Mara zu und lächelten sie an. War dies alles nur ein schlechter Scherz? Sicherlich war das wieder Lindas Werk. Überwältigt von einer plötzlichen Freude und Dankbarkeit stand Mara auf, um schnell aus der Wanne zu steigen. In ihrer Eile rutschte sie aus und landete erneut mit dem Kopf unter Wasser. Ein weiterer Grund für sie drei, um zu lachen, dachte sich Mara. Statt zu lachen, sagten die drei weiterhin nur ihren Namen.

Als Mara dann ein letztes Mal ihren Kopf aus dem Wasser emporreckte, schlug ihr die Luft wie eine Faust ins Gesicht. Und mit einem Mal veränderte sich alles. Mara war wieder in ihrem Verlies, einem kalten Keller mit Steinwänden. An den Hand- und Fußgelenken angekettet hörte sie die dunkle, gruselige Stimme ihres Peinigers, der bedrohlich und erregt immer wieder ihren Namen rief. Wieder und wieder presste er ihren Kopf in einen Eimer mit schmutzigem Wasser und gönnte ihr nur so viel Zeit an der Luft, um einen halben Atemzug tätigen zu können.

Während sie diese und unzählige weitere Qualen über sich ergehen ließ, fühlte sich Mara immer mehr verlassen und vergessen. In den letzten Monaten fand sie Trost und

Kraft in ihren Träumen von einer heilen Welt mit ihren Liebsten. Doch nun, so schien es, blieben ihr nicht einmal mehr ihre Träume ...

Das Waisenkind

Klaus und Olivia Remmer waren nervös, als sie die Einfahrt des Waisenhauses hinauf fuhren. Das Ehepaar hatte lange darauf gewartet, endlich ein Kind adoptieren zu dürfen. Da es endlich so weit war, zitterten vor allem dem sonst eher resolut auftretenden Mittvierziger Klaus die Knie. Zwar hatten sie ihre zukünftige Tochter schon gesehen, doch sie wirklich mitnehmen zu dürfen, schien Klaus' Gemüt dann doch zu überfordern. Nach etwas Smalltalk mit der Leitung des Waisenhauses und den obligatorischen Unterschriften sammelte das Ehepaar ein ebenso aufgeregtes Mädchen ein, das sich nach einer kurzen Verabschiedung in Windeseile auf der Rückbank des geparkten Autos ihrer neuen Eltern niederließ. Die Vierjährige, die laut Geburtsurkunde Lilith hieß, von allen aber nur Lilly genannt wurde, schaukelte voller Vorfreude mit ihren Beinen und wartete darauf, von ihrer neuen Mami oder ihrem neuen Papi angeschnallt zu werden. Während Klaus damit begann, Lillys wenige Habseligkeiten im Kofferraum zu verstauen, eilte eine glückliche Olivia zur rechten Hintertür ihres grünen VW Golfs, um das zauberhafte Mädchen mit den eis-blauen Augen anzuschnallen.

Es dauerte nicht lange, bis sich Lilly Remmer in ihrem neuen Zuhause eingelebt hatte. Ihr Kinderzimmer hatte Papa Klaus am Tag ihres Einzugs tapeziert, komplett nach Lillys Wünschen in verschiedenen Blautönen, mit der kleinen schwarzen Katze der Familie kuschelte sie bereits am selben Abend liebevoll und innig. Durch die vielen Geschenke von Freunden und Familie hatte sich in Lillys Zimmer schnell ein großes Sammelsurium an

Puppen und Kuscheltieren angesammelt, mit denen sie fast rund um die Uhr spielte. Klaus und Olivia waren überglücklich, dass sich ihre kleine Tochter so wohl fühlte. Ihre leiblichen Eltern waren vor zwei Jahren bei einem Autounfall ums Leben gekommen und nachdem sie in ihrem ersten Jahr im Waisenhaus kein Wort gesprochen hatte, zeigte sie heute kaum noch Anzeichen für das erlittene Trauma. Das einzige etwas ungewöhnliche Verhalten zeigte Lilly nach einer Woche, nachdem sie eine weitere neue Puppe geschenkt bekommen hatte. Im Gegensatz zu den bisherigen Puppen und Plüschtieren hatte diese hier keine relativ realistischen Kugel-Augen, sondern stattdessen ein paar angenähte Knopfaugen. Klaus und Olivia konnten sich nicht erklären, was genau ihrer Tochter daran angst zu machen schien oder inwieweit Knopfaugen eine Verknüpfung zum Autounfall ihrer leiblichen Eltern herstellen konnten. Dennoch weinte und schrie das Mädchen über eine Stunde lang, ohne sich zu beruhigen. Da Lilly selbst kein Licht in die Sache bringen konnte, entschlossen sich Olivia und Klaus dazu, diesen Umstand zu akzeptieren und künftig darauf zu achten, keinerlei Spielsachen mit Knopfaugen mehr ins Haus zu bringen. Als einige Wochen später der erste Besuch bei Oma Melanie und Opa Peter anstanden, fühlte es sich für Familie Remmer bereits so an, als wäre Lilly schon seit ihrer Geburt ein Teil ihres Lebens. Wie es sich für Großeltern gehört, waren Oma und Opa sofort Feuer und Flamme für ihre Adoptiv-Enkelin, ebenso wie das kleine Mädchen sofort verrückt nach ihren neuen Großeltern war. Olivia und Klaus erzählten den beiden von den vielen Hürden, die sie auf dem Weg zur Adoption hatten meistern müssen. Sie wischten auch Peters Sorgen weg, die junge Familie könne auf Intoleranz und Ablehnung stoßen, da nicht jeder hier offen sei für eine Familie »mit so einem süßen Mädchen mit rotbrauner Haut und ihren Eltern, die im krassen Gegensatz dazu aussehen, als kämen sie aus dem nördlichsten Norden Skandinaviens«, wie dieser es salopp ausdrückte. Die frischgebackenen Eltern vertrauten darauf, dass sich die Menschheit weiterentwickelt hatte und dass Hautfarben keine Rolle mehr spielte. Als nach drei Tagen das lange, gemeinsame Wochenende vorüber war, konnte Olivia ihre Tochter kaum von Oma und Opa loseisen. Nur der in den letzten Tagen eher scheue Dackel von Melanie und Peter wirkte erleichtert darüber, dass dieses neue, wilde, kleine Menschlein endlich wieder aus seinem Territorium verschwand. Die junge Familie war schon an ihrem Auto angelangt, als die kleine Lilly eilig zurück zu Oma und Opa ins Haus rannte, um sich ein weiteres Mal von den beiden zu verabschieden. Es dauerte fünf Minuten, ehe Lilly mit leuchtenden Augen wieder am Wagen ankam und sich brav und gut gelaunt von ihrer Mutter anschnallen ließ.

In der nächsten Woche war Lilly so fröhlich und unbeschwert wie nie in der kurzen Zeit in ihrer neuen Familie, der Besuch bei ihren Großeltern hatte ihr offenbar gefallen. Seit Stunden spielte und lachte sie fast ununterbrochen mit denselben beiden Puppen, redete mit ihnen angeregt in einer für ihre Eltern unverständlichen Fantasiesprache. Olivia hingegen war weniger unbeschwert. Seit ihrem Besuch letztes Wochenende hatten Melanie und Peter nichts mehr von sich hören lassen und nicht auf Anrufe reagiert. Als klassische Verweigerer der neumodischen Technik hatten die beiden kein WhatsApp, Facebook oder sonstige moderne Kommunikationstechnik im Haus. Es war vor einigen Jahren ein Graus gewesen, sie von den Vorzügen eines simplen Mobiltelefons zu überzeugen. Nachdem Klaus sie in den ersten Tagen beschwichtigen konnte, waren ihre Eltern doch begeisterte Nordic Walker und ebenso passionierte Angler, war sie nun nicht mehr zu beruhigen. Sie wartete den nächsten Morgen ab, versuchte es bis dahin mehrmals erneut auf dem Festnetz und beiden – offenbar noch immer ausgeschalteten – Handys, bevor sie letztlich doch die Polizei konsultierte. In der Folge verbrachte sie bange Stunden, in denen sie versuchte, sich beim Spielen mit Lilly abzulenken, während Klaus auf der Arbeit war und die Polizei nachprüfte, ob 200 Kilometer entfernt alles in

Ordnung war. Tatsächlich konnte Lilly ihre Mutter zeitweise auf andere Gedanken bringen, auch wenn sie ihr nicht verriet, was sie mit ihren Puppen da beredete, wenn sie in ihre erfundene Geheimsprache verfiel. Beinahe hatte sie ihre Sorgen vergessen, als plötzlich das Telefon klingelte. Lilly beobachtete aus Ihrem Kinderzimmer, wie ihre Mama sich auf einen Stuhl fallen ließ und anfing zu weinen. Eine Polizistin hatte Olivia am Telefon mitgeteilt, dass Ihre Eltern, Melanie und Peter Remmer, leblos in ihrem Haus aufgefunden worden waren. Bisher gab es keine Hinweise auf die Hintergründe, aber es schien, als seien beide von innen heraus verbrannt. Auf einer Decke habe man zudem verkohlte Überreste gefunden, die von einem Hund stammten. Zwar konnte Lilly die Frau am Telefon nicht hören und wusste nicht, was sie ihrer Mama gesagt hatte, das diese zum Weinen gebracht hatte, doch das junge Mädchen wusste sofort, dass sie jetzt zu ihrer Mama gehen musste. Sie griff nach der herabhängenden Hand ihrer weinenden Mutter, die gar nicht mitbekommen hatte, dass ihre Tochter zu ihr in die Küche gekommen war. Lilly packte die Olivias Hand nun mit ihren beiden winzigen Händen und blickte ihr tief in die tränen-erfüllten Augen. »Keine Sorge, Mami. Omi und Opi geht's gut!«

»Was?!«

Olivia war schockiert. Wie viel hatte die Kleine mitbekommen? Hatte Olivia das Telefon zu laut gestellt?

»Ich hab gesagt, Omi und Opi geht's gut. Du wirst schon bald wieder mit ihnen vereint sein!«

Lilly hatte diesen verstörenden Satz kaum beendet, als Olivia ihre Augen weit aufriss, jedoch vor Schmerzen, nicht aus Schock über die gesprochenen Worte ihrer vierjährigen Tochter. Die zarten Hände dieses kleinen Mädchens hielten ihre Hand weiterhin fest umschlossen. Sie wollte sich losreißen, doch der Griff dieser Kinderhände war kompromisslos und unnachgiebig. Stattdessen erwiderte sie nur wehr- und regungslos den festen Blick ihrer Tochter, in deren Augen nun in der Tat eisblaue Flammen zu lodern schienen. Aus diesen Flammen breitete sich ein tiefschwarzer Nebel aus, der sich über Mund, Nase und Ohren einen Weg in Olivias Innerstes bahnte. Jede Zelle ihres Körpers schrie auf ob der unsäglichen Schmerzen, die dieser finstere Nebel in ihrem Inneren verursachte, doch kein Laut verließ ihre Lippen. Olivia spürte, wie der Nebel sich überall in ihr ausbreitete und sie von innen heraus verbrannte. Als ihr geschundener Körper den

Qualen letztlich nachgab, hatte Olivia ihr Augenlicht längst verloren gehabt. Erst jetzt, da der letzte Hauch von Leben aus Olivia Remmer gewichen war, entließ Lilly sie aus ihrem Griff.

Als eine Weile später der Herr des Hauses von seinem Arbeitstag nach Hause zurückkehrte, erwartete seine lachende Tochter ihn sehnsüchtig an der Haustür. »Papa! Nimm mich hoch, nimm mich hoch!«

Seiner kleinen Tochter konnte Klaus nichts abschlagen, daher packte er sie mit seinen Händen und wuchtete das aufgeweckte Mädchen in einer fließenden Bewegung auf seine Schultern. »Und wo ist die Mama?«

»Die wartet schon in der Küche auf dich!«

»Okay, dann mal los, Lilly!«

Doch bevor er verarbeiten konnte, dass seine geliebte Ehefrau leblos auf dem Küchenboden lag, drückte das kleine Mädchen auf seiner Schulter ihm bereits ihre Finger in seine Augen. »Ich heiße nicht Lilly! Mein Name ist... LILITH!« Und mit der Erwähnung ihres Namens entfesselte Lilith erneut einen tiefschwarzen Nebel, der sich nun in Klaus' Körper ausbreitete und ihn innerlich verbrennen ließ. Innerhalb weniger Minuten hauchte auch Klaus Remmer sein Leben aus. Mit einer schnellen Bewegung stieß sich Lilith von seinen Schultern ab, ehe Klaus vornüber fiel und nur wenige Zentimeter neben seiner Frau liegen blieb.

Es war schon nach Mitternacht, als Lilith sich entschied, weiterzuziehen. Mit sich trug sie nichts als ihre vier neuen Lieblingspuppen mit den eisblau leuchtenden Augen und den kleinen schwarzen Familienkater, den sie in Azrael umbenannt hatte. »Komm Azrael, es ist Zeit, uns ein paar neue Menschen zu suchen«

Sie klingelte bei der netten alten Nachbarin, Ida Korn. Als diese die Tür öffnete, blickte sie in die verheulten Augen eines vierjährigen Mädchens, das unter Tränen und Hyperventilieren nur einen ganzen Satz zustande bekam:

»Hilfe, es brennt! Mama und Papa ist was passiert!«

Heiligabend

Es war der 24. Dezember, Heiligabend. Wie jeden Morgen war Robin bereits um 6 Uhr früh auf den Beinen, um sich frisch zu machen und möglichst früh in die Innenstadt zu kommen. Vorsichtig tat er einen Schritt nach dem anderen und schob dabei die spitzen Glasscherben und Kronkorken beiseite, die die Jugendlichen immer wieder hier hinterließen. Achtsamen Fußes begab er sich vorsichtig an das gepflasterte Ufer dieses künstlich begradigten Flusses, der unter der Brücke hindurchfloss, die er als seinen Schlafplatz ausgesucht hatte. Bis vor einigen Wochen hatte er in einem verlassenen, baufälligen Haus gewohnt, doch leider hatte die Stadtverwaltung den Zugang mit Bauzäunen und einem dicken Schloss an einer unpassend neuen Tür versperrt.

Offiziell hieß es, weil die Einsturz- und somit die Verletzungsgefahr zu hoch sei. Dass sie damit auch den Glückloseren wie ihm ein Dach über dem Kopf nahmen, schien Niemanden zu stören. Daher hatte Robin sich diesen ruhigen Platz gesucht, der zumindest von oben geschützt und nahe an einem Fluss gelegen war. Robin ging in die Hocke und betrachtete sein Spiegelbild in der Wasseroberfläche: Er war erst 43 Jahre alt, doch sein Gesicht wirkte wie das eines 60-Jährigen. Die letzten Jahre des Leidens und des Lebens auf der Straße spiegelten sich in den Zügen seines Gesichtes und in den tiefen Furchen seiner verbrauchten Haut wieder. Seine fast schulterlangen Haare und der wild gewachsene Vollbart wirkten mit dieser Vielzahl an grauen Strähnen, die seine einst braunen Haare durchzogen, wie die

Haare eines älteren Mannes als er es tatsächlich war.

Robin wischte diese Gedanken jedoch schnell weg, denn der heutige Tag war sehr wichtig. Die nächsten beiden Tage waren Feiertage, die Geschäfte hatten alle geschlossen und die Anzahl an Menschen in der Stadt in dieser Zeit würde mehr als beschaulich sein. Er grub seine beiden Hände in das Wasser des Flusses und warf es sich ins Gesicht. Das Wasser war eiskalt und es schmerzte, als die Tropfen wie kleine Eiskristalle seine Haut berührten. Dennoch wiederholte Robin die Tortur immer wieder, wusch sich so gut er konnte am ganzen Körper. Auch seine Haare und seinen Bart brachte er etwas in Form, was angesichts der Temperaturen von Luft und Wasser einiges an Überwindung kostete. Anschließend schnappte Robin sich seinen Rucksack und machte sich auf den Weg zur Innenstadt. Jeden Mülleimer, den er passierte, durchsuchte er nach weggeworfenen Pfandflaschen. Sogar für einen Menschen in seiner Situation war das erniedrigend, doch es handelte sich um bares Geld, das tagtäglich im Müll entsorgt wurde und jemand wie er konnte beim besten Willen nicht wählerisch sein. Bereits nach den wenigen hundert Metern auf dem Weg in das Stadtzentrum hatte Robin fünf Plastik- und drei Glasflaschen gesammelt, das waren 1,39 €. Wenn er noch ein-zwei Flaschen finden könnte, wäre zumindest ein Frühstück sowie eine Flasche Wasser für ihn drin. Schon bald war er im Zentrum angekommen, hatte jeden Abfallbehälter in der näheren Umgebung durchsucht und noch vier weitere Flaschen gefunden – er hatte Glück, dass die Müllabfuhr-Termine sich durch die Feiertage verschoben hatten. Die Digitaluhr der nahegelegenen Bank zeigte ihm an, dass die Geschäfte des großen Einkaufscenters bald öffneten, daher machte er sich auf den Weg zum westlichen Haupteingang, der in Richtung der anliegenden Parkplätze und des angrenzenden Parkhauses lag. Als die Geschäfte dann öffneten, war weit und breit noch fast keine Menschenseele zu entdecken, hin und wieder huschten vereinzelt Personen über den Vorplatz. Robin nutzte die Ruhe vor dem alljährlichen Festtags-Ansturm, um seine gesammelten Pfandflaschen im Discounter gegen eine Flasche Mineralwasser und ein paar reduzierte Scheiben Brot und Wurst einzutauschen. Rechtzeitig zum beginnenden Andrang schaffte es Robin, wieder an seinem gewählten Platz zu sein. Er verzichtete auf solch aufdringliche, appellierenden Mittel wie Kinder-Fotos, Schilder oder gar das direkt drängende Ansprechen von Passanten. Letzteres wäre ihm ohnehin nicht möglich gewesen, war er doch vor einigen Monaten fast vollkommen verstummt. Bis heute konnte er sich nicht erklären, warum seine Stimme nach einigen Tagen Heiserkeit plötzlich komplett den Geist aufgegeben hatte. Mittlerweile hatte Robin sich damit abgefunden und bemühte sich erst gar nicht, die Passanten verbal oder nonverbal zu bedrängen. Er setzte sich neben den Eingang, beobachtete die Menschen im zunehmenden Treiben und las zum vermutlich zwanzigsten Mal in »Cannibal - Wir ernten was wir säen«, einem einfachen, doch ungewöhnlichen Buch, das vor ein paar Jahren ein junger Mann am Bahnhof vergessen hatte.

Wie immer um die Feiertage merkte Robin schnell die Extreme, in denen die Menschen agierten: Die eine Hälfte war hilfsbereit und spendierfreudiger als üblich, die andere Hälfte war unfreundlicher und respektloser als sonst. Robin versuchte stets, sich von den unangenehmeren Gemütern fernzuhalten und Ihnen kein Motiv zu bieten. Stattdessen freute er sich über jeden Euro, den er zugesteckt bekam. Es war ohnehin schon schwieriger geworden und an Tagen wie diesen sogar in größeren Ausmaßen: organisierte Banden von ausländischen Bettlern, die nur bedingt freiwillig die Innenstädte überfluteten und vielen Menschen so das Verständnis und Mitgefühl austrieben oder das dringend benötigte Geld in ihre eigenen Taschen steckten. Bisher hatte er jedoch Glück, die vorbei schlendernden Passanten waren spendabel genug. Gegen Vormittag geschah dann etwas Ungewöhnliches. Eine junge Frau schien gezielt auf ihn zuzugehen. Sie kam nicht aus einem der umliegenden Geschäfte oder Cafés, auch nicht vom Parkhaus. Mit einem freundlichen Lächeln drückte die Blondine, die Robin auf Mitte/Ende Zwanzig schätzte, ihm einen Thermobecher mit heißem Kaffee in die Hand, dazu Zuckertütchen und Kaffeesahne, falls er ihn nicht schwarz trinken wollte. Während sich Robin nickend bedankte, begann die junge Frau sich mit einem »Darf ich?« zu ihm zu setzen. Obgleich es ihn stark verwunderte, stimmte Robin mit einem neuerlichen Nicken zu. Die Frau, die sich ihm als Jessica vorstellte, begann ein äußerst eigentümliches Gespräch mit Robin. Nachdem sie bemerkt hatte, dass Robin nicht sprach, lenkte sie die Unterhaltung mit Hilfe von gezieltem

Ja/Nein-Fragen durch verschiedenste Themengebiete. Auf diese außergewöhnliche Art und Weise sprachen die beiden vor allem über Robins Leben auf der Straße und sogar ein wenig über Robins Vergangenheit. Während sie sich recht anregend unterhielten, holte Jessica ein belegtes Sandwich aus ihrer Schulter-Tasche und gab es Robin, der es etwas zögerlich annahm und sich dann genüsslich kauend bei ihr bedankte. Indem er mit seinem Finger Buchstaben in die Luft schrieb, verriet auch er nun seinen Namen. Es vergingen einige weitere Minuten, bis die junge Frau plötzlich aufstand, das Kleingeld-Fach ihrer Geldbörse über Robins Hand ausleerte - es waren insgesamt 8,11 € - und sich mit den Worten »Ich bin gleich wieder da« von ihm verabschiedete. Robin schaute Jessica hinterher. Sie war eine bewundernswerte junge Frau, niemals seit er auf der Straße lebte, hatte er bisher eine solche Herzlichkeit und Wärme gespürt. Sie zeigte, als eine der Wenigen dieser Tage, ehrliches Interesse und Mitgefühl für ihn, keine Verachtung und Ignoranz. Während der nächsten Stunde war es für ihn gleich angenehmer, dort zu sitzen. Mit gefülltem Magen, einem Thermobecher voll Kaffee und mit dem positiven Gefühl nach der Begegnung mit Jessica machten ihm die niedrigen Temperaturen gleich viel weniger aus als üblich. Wenige Minuten später war die junge Frau wieder da. Sie kam aus dem Einkaufszentrum, in jeder Hand eine vollbepackte Tüte. Sie hockte sich wieder zu Robin und zog einen langen schwarzen Wintermantel aus der linken Einkaufstüte. Jessica hielt den Mantel vor sich und wurde vollständig von ihm verdeckt. Der Mantel war innen gefüttert, hatte eine

versteckte Regenkapuze und viele Seiten-
und Innentaschen. Sie drückte Robin den
Mantel in die Hand, zusammen mit der
rechten, halb-transparenten Tüte, die
offenbar gefüllt war mit weiteren belegten
Brötchen, einer großen, gefüllten
Thermoskanne und einem kleinen, in rotem
Geschenkpapier verpackten
Weihnachtspräsent. Robin war beeindruckt
von dieser jungen Frau und von all dem, was
sie für einen unbekannten Mann getan hatte.
Vor Dankbarkeit überwältigt, brach der
43-Jährige in Tränen aus und fiel Jessica
unvermittelt in die Arme. Sofort stützte sie
den Mann, der ihretwegen Tränen der
Freude und der Rührung vergoss und dabei
hemmungslos schluchzte.

Jessica hielt den weinenden Robin fest,
freute sich darüber, diesem Menschen etwas
Gutes getan und sein Weihnachtsfest etwas

erhellt zu haben. Doch nun näherte sich der Tag des 24. Dezembers seiner Hälfte, es war kurz vor halb Zwölf. In einer knappen halben Stunde würden die Geschäfte und das Einkaufszentrum schließen, der Andrang in Richtung Ausgang und Parkhaus hatte langsam begonnen. Mit Händen und Füßen gab Robin Jessica zu verstehen, dass er sich auf den Weg zum Parkhaus machen musste. Da auch Jessica sich auf den Heimweg machen musste, verabschiedeten die Beiden sich herzlich. Jessica versicherte Robin, dass sie sich wiedersehen würden. In der Zwischenzeit wünschte sie, dass er auf sich Acht geben und trotz Allem einen ruhigen Abend verbringen solle. Zusammen brachen die beiden anschließend auf, Jessica ging jedoch in die völlig entgegengesetzte Richtung zum Hauptbahnhof. An Tagen wie Heiligabend waren Zugverbindungen ohnehin rar gesät, ab Mittags fuhren de facto gar keine Züge und Busse mehr. Und während Jessica den Weg zum Bahnhof hinter sich brachte, saß Robin bereits am Parkschein-Automaten des Einkaufszentrums.

In all der Hektik der Menschen, um möglichst schnell den Parkschein zu entwerten, und dadurch ein paar Cent zu sparen, rannten innerhalb weniger Minuten hunderte Menschen an ihm vorbei. Viele bemühten sich, stur durch Robin hindurchzusehen, fast so, als sei er gar nicht da. Das ging über das übliche Ignorieren, das er gewohnt war, hinaus. Auch der Festtagsstress führte selten zu dieser extremeren Form der Ignoranz. Doch als Robin seinen Blick ein wenig über das Parkdeck schweifen ließ, hatte er schon bald die Ursache gefunden: Einer dieser organisierten Schwindler hatte sich direkt an der Einkaufswagen-Rückgabe postiert. Mit seiner aufdringlichen und unnachgiebigen Art verschreckte er die Passanten und nahm Ihnen zugleich jegliche Bereitschaft, Menschen wie ihm zu helfen. Daher freute Robin sich über jede Münze und jedes freundliche Wort, das er von den hektischen Menschen an diesem hektischen Tag bekommen konnte. Vollgepackt mit Taschen und Tüten kamen Familien und einzelne Last-Minute-Einkäufer an ihm vorbei, nur Wenige schauten ihm wirklich in die Augen oder schienen sich überhaupt für ihn zu interessieren - selbst wenn sie ihm tatsächlich etwas zugesteckt hatten. Zehn Minuten nach offiziellem Ladenschluss begann der Strom an Menschen langsam weniger zu werden. Der Parkplatz und das Parkhaus waren schon nahezu leer gefegt, als eine weitere Familie die Rolltreppen zum Automaten bestieg. Während sich die Frau direkt zum Automaten begab, um den Parkschein zu entwerten, orientierte sich ihr Mann mit den beiden Kindern bereits in Richtung Parkplätze. Nach wenigen Schritten hielt der Mann, den Robin auf Ende 40 schätzte, ebenso wie sein Sohn und seine Tochter in der Bewegung inne. Wartend schaute er zu seiner Frau und warf dabei auch einen kurzen, flüchtigen Blick auf den Obdachlosen, der keine zwei Meter neben ihr auf dem Boden saß.

Für einen Moment stockte Robin der Atem. War dieser Mann tatsächlich der, für den er ihn hielt? Warum erkannte dieser ihn dann nicht? Robin dachte noch einmal den Bruchteil einer Sekunde nach, doch er war sich sicher: Dieser Mann war Robert, sein älterer Bruder. Zwischen den Beiden hatte es seit Jahren keinen Kontakt gegeben, seit Robin in die Obdachlosigkeit gefallen war. Er sprang auf, wollte seinen Bruder begrüßen und ihn umarmen, ihm offenbaren, wer er war. Er trat einen Schritt nach vorne und versuchte, etwas zu sagen, doch es kamen nur kaum hörbare, krächzende Laute aus seinem Mund. Er blickte Robert tief in die Augen und machte einen weiteren Schritt nach vorne, während Roberts Frau zugleich verängstigt zurück wich. Robin streckte seine Handflächen nach vorn, er wollte die Frau und die Kinder beruhigen. Er war doch keine Gefahr. Mit einem Satz sprang plötzlich Robert vor seine hysterische Frau, erwiderte Robins starren Blick und stieß ihn vorsichtig, doch kräftig genug nach hinten und blaffte den Obdachlosen an, seine Familie in Frieden zu lassen. Robin fiel hinten über und schlug auf dem kalten, harten Fußboden auf. Sein Steißbein und der komplette Rücken schmerzten ihn. Dennoch raffte er sich sofort wieder auf, um seinem wieder gefundenen Bruder, der mit seiner Familie das Auto erreicht hatte, wieder einzuholen. Als Robin gerade die Glastür zum Parkdeck erreichte, stand Robert bereits mit geöffneter Tür an der Fahrerseite des schwarzen Familienwagens. Dieser blickte trotz allem noch einmal zurück in Richtung des unbekannten Obdachlosen und schaute für einige lange Sekunden tief in Robins Augen. Regungslos verharrte Robin und erwiderte den Blick dieses Bruders, der ihn nach all den Jahren nicht mehr erkannt hatte. Dann, schlagartig, setzte er sich ins Auto zu seiner Familie, drehte das Radio laut auf und brauste mit zu hohem Tempo aus dem Parkhaus davon.

Noch einige Minuten lang stand Robin fast regungslos an der Glastür und starrte geistesabwesend auf den Parkplatz, auf dem vor wenigen Minuten noch der Wagen seines Bruders verschwunden war. Nachdem er dann langsam wieder zur Besinnung gekommen war, packte Robin sofort seine Sachen zusammen. Es würden zwar noch der ein oder andere Nachzügler am Park-Automaten und somit an ihm vorbei kommen, doch dieses unverhoffte, eher weniger positive Wiedersehen hatte ihn schockiert und ziemlich mitgenommen. Seit Jahren hatte er Niemanden von seiner Familie mehr gesehen. Niemals wäre er auf die Idee gekommen, jemanden aus seiner Familie je wiederzusehen, vor allem nicht in einem solchen Rahmen. Er zog den neuen Mantel, den er von Jessica bekommen hatte, über seine Klamotten und schnappte sich die

Tasche mit den Brötchen und dem verpackten Päckchen. Den Reißverschluss bis zum Anschlag nach oben gezogen, steckte er beide Hände tief in die gefütterten Seitentaschen der Jacke und machte sich auf den Weg vom Parkdeck nach draußen. Zwischen dem dünnen Plastik der Tragetaschen-Schlaufen fühlte Robin plötzlich noch etwas Anderes zwischen in Fingern. Es war rau, wie altes Papier. Er zog es aus seiner Tasche heraus und und war ein weiteres Mal zugleich schockiert und überwältigt: In seiner Hand hielt er einen 50-Euro-Schein, versehen mit einer kleinen Mini-Karte, auf der schlicht »Frohe Weihnachten. Jessica« stand. Ein weiteres Mal von Jessica gerührt, verstaute Robin dieses kleine Vermögen sofort in einer der kleinen versteckten Innentaschen seiner neuen Jacke und beschleunigte seine Schritte ein wenig. Der Weg zu seinem Schlafplatz führte durch eine Wohnsiedlung mit vielen kleineren Seitenstraßen. Während er die Straßen durchquerte, spähte Robin ein ums andere Mal durch die Fenster, um einen Blick auf »normale« Familien bei einem »normalen« Weihnachten zu erhaschen. Mit jeder Familie, deren Fenster er passierte, wuchs in ihm das ohnehin stets präsente Gefühl der Einsamkeit ein weiteres Stückchen an. Er vermisste seine Familie an solchen Tagen ganz besonders. Die schmerzhafte Begegnung mit seinem Bruder heute tat noch ihr Übriges dazu, dass das diesjährige Weihnachten ihm aus den verschiedensten Gründen besonders in Erinnerung bleiben sollte. Hinter diesen Fensterscheiben gab es so viel zu entdecken: Er sah junge, kinderlose Paare, die eng umschlungen auf dem Sofa saßen und einen

Film im Fernseher anschauten. Er sah Kinder, die freudig den Weihnachtsbaum schmückten, mit all den Kugeln und Figuren, den Lichterketten, dem glitzernden Lametta und der goldenen Spitze. Währenddessen standen die Eltern in der Küche und gaben sich alle Mühe, ein besonders gelungenes Festmahl auf den reich gedeckten Tisch zu bekommen. Aber er sah auch gehetzte Menschen, die sich von Hektik und Stress angetrieben bloß anbrüllten und angifteten. Das alles waren die Gesichter der Festtage, die er selbst noch vor so vielen Jahren selbst erlebt hatte. Er vermisste den Stress, die Hektik und die Diskussionen. Heute blieb ihm nichts Anderes, als sich die Zeit am Weihnachtsabend mit Spaziergängen und dem Herrichten seines Schlafplatzes zu vertreiben. Bevor er genau das auch heute wieder machen wollte, machte er sich auf den Weg zum kleinen Stadtpark. Es erfreute ihn, sich auf eine Bank zu sitzen und der Natur bei ihrem Treiben zuzusehen. Die wenigen Vögel, die nicht gen Süden gezogen waren, die umher streunenden Hunde und Katzen, die kleinen Mäuse ... sie alle beobachtete Robin im Park. Da die Weihnachtstage auch dieses Jahr zwar kalt, aber dafür schneefrei blieben, waren mehr Tiere zu beobachten, als es früher um diese Zeit möglich gewesen wäre. Eine kleine Katze näherte sich Robin, vermutlich angelockt durch den Duft der Wurst, die er auf seinem ausgepackten Brötchen hatte. Er riss die Hälfte der Wurst ab, zerpflückte sie in kleinere Happen und legte sie dem kleinen Mini-Tiger vor die Pfoten. Sie tauchte öfter hier auf und wann immer er etwas entbehren konnte, gab er dem kleinen Mädchen etwas ab. Als sie das letzte Häppchen zwischen ihren spitzen Zähnchen hatte, spurtete sie verschreckt davon. Die nahegelegene Kirche ließ ihre furchtbaren Glocken läuten und raubte so Allen um Umkreis zumindest für die nächsten zwei Minuten ihr Gehör. Die Glocken schlugen bereits sechs Uhr abends, Robin hatte wohl mehr Zeit mit dem Heimweg und im Park verbracht, als er gedachte hatte. Er begab sich daher nun endgültig auf den Weg zu »seiner« Brücke. Es war an der Zeit, alles für die Nacht herzurichten und sein eigenes kleines Weihnachtsfestmahl zu verspeisen. Es war bereits dunkel, der Himmel hatte sich binnen weniger Minuten von einem mystischen orange-pink zu einem blauschwarzen Vorhang gewandelt. Innerhalb einer halben Stunde hatte Robin die Brücke erreicht und stieg vom Bürgersteig aus die kleinen Stufen zur Brücke hinab. Zum Glück war er alleine, es gab keine Jugendlichen, die er vertreiben musste. Dennoch waren ihre Spuren wieder überall zu entdecken: leere und zerbrochene Bierflaschen, zerdrückte Alkohol- und Energydrinkdosen und - angesichts der Temperaturen sehr zu Robins Erstaunen - gebrauchte Kondome pflasterten den Boden unter dieser steinernen Brücke. Mit seinen alten, löchrigen Schuhen schob er den gesamten Unrat beiseite auf einen kleinen Haufen. Vorsichtig schob er alles zur Seite, er vermied es, die Hinterlassenschaften der Jugendlichen weg zu treten. Als er das vor einigen Monaten im Sommer getan hatte, endete der Abend mit einer unsauberen Spritze im Fuß, die er sich bei einem unbedachten Tritt durch die Schuhsohle in den Fuß gestochen hatte. Robin öffnete seinen Rucksack, zog einen alten Schlafsack hervor und breitete diesen auf dem kalten

Betonboden aus. Während er die übrigen Klamotten weiter an behielt, breitete er den Inhalt von Jessicas Einkaufstasche vor sich aus. Neben einer Papiertüte voll belegter Brote und dem weihnachtlich verpackten Päckchen befanden sich vor ihm auch mehrere in Alufolie umwickelte Mahlzeiten, jeweils mit wasserfestem Marker beschriftet. Auf einem Alu-Päckchen stand in weiblicher Handschrift »Brathähnchen« geschrieben, die Folie war noch immer warm. Die weiteren Päckchen waren mit »Schnitzelweck« und schlicht »Sandwich« beschriftet. Robin entfaltete die Alufolie des Brathähnchens, öffnete eine Flasche Bier aus seinem Rucksack und lehnte sich zurück an den Brückenpfeiler. Er dachte zurück an seine Kindheit, an die Weihnachtsfeste, die sein Bruder und er früher miteinander und mit ihren Eltern gefeiert hatten. Und Robin dachte auch an das Weihnachten, das sein Bruder wohl jetzt in diesem Moment mit seiner Frau und den beiden Kindern feiern würde. Wie sie vor einem riesigen, teuren Weihnachtsbaum saßen, der mehr gekostet hat, als das Essen, das er selbst in einem Monat verbraucht hatte. Sie aßen den Bruchteil eines Festmahls und warfen eine so große Menge davon in den Abfall, dass er selbst vermutlich zwei Wochen davon leben könnte. Und während er sich dennoch so sehr an die Seite seines Bruders, seiner Familie sehnte, dachte dieser vermutlich zu keiner Sekunde an seinen Bruder - oder an den so tief gesunkenen Obdachlosen, den er heute gesehen hatte und der sein Bruder mittlerweile war. Robins Gesicht war mittlerweile von stummen Tränen übersät. Tränen, die dieses geschenkte Hähnchen, das Robin zu essen versuchte, benetzten und auf bizarre Art unfreiwillig würzten. Wie jedes Jahr um diese Zeit stellte sich Robin mit Voranschreiten es abends irgendwann die Frage, warum er weiterhin auf diese Weise lebte, warum er dem Ganzen nicht einfach ein Ende setzte. Robin dachte an seinen Bruder, an die heutige Begegnung. Sie führte ihm mit voller Härte vor Augen, was er verloren hatte und was er niemals wieder haben würde. Warum tat er sich all das noch an? Doch Robin dachte auch an Jessica. An diesen einen Lichtblick, den ersten seit vielen Jahren. Sie hatte ihm gezeigt, dass er noch immer dazu gehörte. Sie hatte ihm Vertrauen zurückgegeben; das Vertrauen in sich selbst und das Vertrauen in die Gesellschaft. Für einen kurzen Augenblick huschte ein Lächeln über Robins Gesicht. Er fand, nun war die rechte Zeit gekommen, Jessicas Geschenk zu öffnen. Robin nahm einen weiteren kräftigen Bissen seines Festtags--Hähnchens und legte es vorsichtig zurück in die Alufolie. Er stand auf, wusch sich eiskalten Wasser des Flusses grob die fettigen Hände und trocknete sie an seiner Hose. Anschließend setzte er sich zurück auf seinen Schlafsack und legte das Geschenk genau vor sich. Es war das erste Weihnachtsgeschenk für ihn seit Jahren. Beinahe zeremoniell packte er es langsam aus, löst vorsichtig Klebestreifen um Klebestreifen. Es war eine schwarze, hölzerne rechteckige Box. Er klappte sie auf und erblickte etwas Metallisches, in glänzendem Silber. Er nahm es vorsichtig in die Hände: Es war eine Mundharmonika. Robin hielt sie weiter nach links, um ein wenig mehr vom Licht der Straßenlaterne abzubekommen. Das kleine Instrument trug eine Gravur, in verschnörkelten Lettern. Er lehnte sich noch mehr nach links, damit er die Worte lesen konnte:

»'Musik ist die gemeinsame Sprache der Menschheit.' - Henry Wadsworth Longfellow«

Robin war ein weiteres Mal heute gerührt von Jessica. Zu den Tränen der Trauer und Verzweiflung gesellten sich nun Tränen der Rührung. Auf dem Boden der schwarzen Box fand Robin neben einer rührenden Karte von Jessica auch eine Kurz-Anleitung mit den wichtigsten Tipps und Tricks zur Mundharmonika. Während er sich mit der rechten Hand erneut seinem Essen widmete, blätterte er mit der Linken in der Anleitung und las sie noch drei Mal durch, bevor er das Hähnchen komplett abgeknabbert hatte. Schnell hatte er für heute jegliche Gedanken an seinen Bruder beiseitegeschoben. Stattdessen verbrachte er die letzten Stunden des Heiligen Abends mit dem Testen und

Spielen eines Weihnachtsgeschenks - fast wie zu Kinderzeiten, als er jedes Jahr seine Geschenke sofort ausgepackt und bis zum Einschlafen ausgereizt hatte. Bis nachts um zwei Uhr vernahmen Anwohner in der Nachbarschaft die ungeübten Töne, die von der Brücke durch die Straßen hallten.

25 Kilometer entfernt in einem ruhigen Haus einer besser betuchten Gegend lag Robert noch immer wach. Seine Frau und die Kinder schliefen schon längst, doch ihm selbst war das nicht vergönnt. Obwohl der Vorfall morgens im Einkaufszentrum kaum der Rede wert war, ließ er Robert den ganzen Tag lang nicht los. Etwas an diesem Bettler war merkwürdig. Er war völlig friedlich gewesen, hatte still neben dem Parkschein-Automaten gesessen und nichts gesagt. Dann, ganz unvermittelt, war er aufgesprungen. Doch der Blick dieses Mannes hatte nicht gewirkt

wie der eines Wahnsinnigen, ganz im Gegenteil. Er wirkte plötzlich mehr als wach, total fokussiert. Und Robert konnte sich des Gefühls nicht erwehren, den Mann zu kennen. Auf die Schmarotzer und Bettler auf der Straße gab er nie Acht, daran konnte es nicht liegen. Er zermarterte sich das Gehirn, doch ihm wollte die Lösung partout nicht einfallen. Er blickte auf den Radiowecker neben sich, es war vier Uhr morgens. Es nutzte nichts, er musste nun schlafen. Wenn er sich nicht erinnern konnte, woher er den Mann kannte, dann würde es auch nicht sehr wichtig sein, so versuchte er, sich selbst zu beruhigen. Robert schloss die Augen, drehte sich zu seiner Frau und schlief innerhalb weniger Minuten ein. Doch während sein Körper erschlaffte und seine Augen ruhten, arbeitete es im Unterbewusstsein seines Gehirns weiter. Und tatsächlich! Um Viertel vor sechs Uhr morgens schreckte Robert aus dem Schlaf auf. Seine Stirn von kaltem Schweiß bedeckt schnellte sein Oberkörper nach oben. Und während er um Atem rang und das Blut in seinen Venen pochte, riss er die Augen weit auf. Er wusste nun, wer der aufdringliche Bettler war. Sein Gehirn hatte während des Schlafs dieses Puzzle zusammengesetzt und Robert erkennen lassen, wer sich unter dem dichten Vollbart und den langen Haaren verbarg. Wie eine Bestätigung, als würde erst das gesprochene Wort seine Erkenntnis wahr werden lassen, stieß der Name seines Bruders aus ihm heraus: »ROBIN!«

Robert verlor langsam die Geduld; mit sich, ebenso wie mit seinem Bruder Robin und dem Schicksal höchstselbst. Es war bereits Neujahr, vor sieben Tagen hatte er nach so vielen Jahren seinen Bruder wiedergesehen, als obdachloser Bettler in einem Parkhaus. Jeden Tag war er seitdem nach seiner Arbeit erneut zu diesem Einkaufszentrum gefahren, ungeachtet der Feiertage oder seiner Frau, die mit den Kindern zu Hause auf ihn wartete. Jeden Tag streifte er durch die Straßen und Parkplätze um das Einkaufszentrum herum, doch er hatte kein Glück gehabt. Ein weiteres Mal fuhr er enttäuscht nach Hause. Er freute sich über das liebevoll zubereitete Abendessen, auch wenn die Freude etwas getrübt wurde. Doch er war optimistisch, dass er nach den Feiertagen erfolgreicher sein würde, wenn Geschäfte und Tagesabläufe sich wieder normalisiert hatten. Wie jeden Abend schlug er nach dem Essen die Tageszeitung auf, es war sein festes Ritual. Zuerst kam der Sport: Ein weiterer Sieg für seine Mannschaft ... Danach Politik: der alltägliche Wahnsinn zwischen rechtspopulistischer Hetze und unverantwortlichen Aktionen des US-Präsidenten ging munter weiter ...

Und zum Schluss der Regionalteil: Es wird gewarnt vor Tierködern, mit Gift und Rasierklingen versetzt sind ...

Die Einbruchserie der vergangenen Wochen ist aufgeklärt und zwei Täter verhaftet ... Obdachloser tot unter Brücke aufgefunden, vermutlich Selbstmord ...

Robert stockte. Sein Blick fiel auf das Foto, das den Beitrag begleitete. Robert wollte nicht hinsehen, doch er konnte nicht anders, er musste einfach. Es heißt immer, Menschen sehen vollkommen anders aus, als noch zu Lebzeiten. Doch Robert erkannte den Mann auf dem Foto sofort. Dieses Mal erkannte er ihn. Es war Robin ...

Über den Autor

Keiji~Chan ist das Pseudonym des 1992 in Saarbrücken geborenen Autors Sven Müller.

Seit seiner Kindheit schreibt er Gedichte und Kurzgeschichten, welche oft von eigenen Erfahrungen beeinflusst sind. Im Jahr 2009 beschloss er, seine Gedichte unter dem Pseudonym Keiji~Chan auf einer eigenen Homepage der Öffentlichkeit zugänglich zu machen. Von seinen meist düsteren und melancholischen Werken sind bereits einige in Anthologien erschienen, 2016 erschien sein erster Lyrikband „Abgründe der Seele", 2017 mit „Geschichten aus Robynor" seine erste Sammlung von märchenhaften Gedichten und Kurzgeschichten und um Juli 2018 mit "Zwei Seiten" sein neuestes Werk.

Nachwort

Ein weiteres Mal bedanke ich mich vielmals bei allen, die mein neuestes Werk gelesen haben. Und so habe ich wie immer die Hoffnung, dass euch das Gelesene gut unterhalten und vielleicht zum Nachdenken angeregt hat.

Die Hoffnung war die letzte von Zeus' Gaben, die in der sagenumwobenen Büchse zurückblieb, nachdem eine neugierige Pandora diese geöffnet hatte. Für manche war sie ein kleiner Lichtblick inmitten der vielen Übel, die in die Welt entkommen waren. Andere wiederum sahen die Hoffnung als das letzte und vor allem schlimmste aller in der Büchse enthaltenen Übel.

Sehr gerne nehme ich Anregungen und Kritik entgegen oder beantworte eure Fragen.

Ihr könnt mich jederzeit wie folgt kontaktieren:

Per E-Mail: info@Keiji-Chan.de

Facebook: Facebook.com/KeijiChanAutor

Instagram: @KeijiChan_

Twitter: @KeijiChan_

Euer Keiji~Chan